각자의 정원

# 각자의 정원

이안리 장편소설

문학동네

**차례**

1부 포크들  7

2부 수달  25

3부 못  115

4부 각자의 영원  225

작가의 말  245

# 1부

## 포크들

재이는 주차장 느티나무 앞에서 잠시 숨을 고르고는 나무를 꼭 끌어안았다. 발로 나무옹이를 더듬어 차례로 밟고 오르자 금세 가지에 손이 닿았다. 매일 밟고 만지는 나무껍질은 다른 나무들과 달리 이끼 하나 없이 부드러웠다. 나지막이 뻗어나 간, 소의 등허리처럼 굵은 가지가 요즘 재이의 지정석이었다.

여름방학을 맞은 재이는 나뭇가지에 돌돌 감아둔 붉은 이불 위에 걸터앉아 한가로운 시간을 보냈다. 만화책을 읽고, 과자를 먹고, 푹푹 방귀를 뀌고, 멀리 하수구를 겨냥해 슬쩍 오줌을 누기도 했다. 반듯한 줄기에 등을 기대앉으면 생김새가 같은 여러 채의 집이 한눈에 들어왔다. 레고 블록처럼 모서리를 맞댄 자줏빛 지붕들 뒤로는 소나무 언덕이 펼쳐졌다. 마을에 들어온 차들은 언덕 앞에서 차를 돌려 들어온 길로 다시 나가야 했다.

재이가 사는 타운하우스는 내가 흐르는 숲과 맞닿아 있었다. 햇살이 냇가 습지대에 쏟아지면 물기를 머금은 산들바람이 타운하우스 쪽으로 불어왔다. 바람은 계절마다 조금씩 다른 냄새를 실어날랐다. 풀이 무성히 우거지는 여름이 오자 기름진 흙과 이파리의 냄새가 들꽃 내음과 한데 어우러졌다. 사람들은 숲이 한덩어리의 식물처럼 되었다고, 마치 거대한 브로콜리 같다고들 이야기했다.

얼마 전까지만 해도 재이는 소나무 언덕 저편의 평평한 녹지가 아주 방치된 땅이라고 생각했다. 언덕 입구를 가로막는 드높은 철제 펜스와 출입금지 경고문, 그리고 펜스만큼 웃자란 풀을 본 적 있는 모두가 그렇게 여겼을 것이다. 하지만 굳게 닫혀 있던 땅은 이번 여름을 앞두고 사람들의 손을 타기 시작했다. 출입금지 팻말을 치우고 이럭저럭 길을 개척한 건 다름아닌 타운하우스 어른들이었다. 이웃 어른들이 슬쩍 펜스를 넘는 걸 볼 때마다 재이 역시 금지된 땅에 가보고 싶은 호기심에 사로잡혔다. 나무 위에 앉아 두 다리를 흔들면서도 눈으로는 미지의 세계를 탐험하듯 언제나 지붕 너머를 건너보았다.

언제 내려와?

멀리서 재이를 부르는 목소리가 들렸다. 동갑내기 율리가 스케이트보드에 올라탄 채 아스팔트 위를 미끄러져 주차장 입구로 들어오고 있었다. 율리가 이번 아홉 살 생일 선물로 스케이트보드를 받은 건 사고가 불러온 뜻밖의 행운이었다. 생일을 앞둔 밤, 재이가 율리네 집에 놀러가지 않았다면, 그래서 율리가 평소처럼 일찍 잠을 청했다면 율리는 여전히 여기저기 닳은 킥보드를 타고 다녔을 것이다.

 그날 율리의 엄마를 찾아온 손님은 초인종을 누르는 대신 무척 조용히 현관문을 두드렸다. 아줌마의 손님들이 보통 자정쯤 찾아오는 것을 생각하면 이른 방문이었다. 노크 소리가 났을 때 재이는 율리와 거실에 앉아 텔레비전을 보고 있었다. 안방에서 나온 아줌마가 위층 계단을 향해 손짓했고, 율리는 계단을 올라가는 척 발소리를 내다가 살금살금 안방 쪽으로 재이의 팔을 끌어당겼다. 둘은 옷장에 기어들어가 어른들을 기다렸다. 어두운 옷장 안은 톡톡한 이불과 겨울옷들로 포근했다. 재이는 패딩 사이에 앉아 두 무릎을 끌어안고는 율리가 이번엔 어떤 장난을 칠까 기대하면서 조용히 옷장 밖의 기척을 기다렸다. 아줌마와 손님이 방에 들어오는 소리가 났다.

 어제는 좀 주무셨어요?

 통 못 잤어요. 너무 피곤해.

 아줌마가 물었고, 손님이 대답했다. 재이는 손님이 어떤 사람일지 상상해보며 바깥의 소리에 계속 귀를 기울였다. 슷슷, 실내용 슬리퍼 끄는 소리, 삭삭, 옷을 벗는 소리, 그리고 부스럭대는 이불 소리 끝에 손님이 침대에 누운 듯했고, 방은 아줌마의 차분한 말소리를 마지막으로 일순 조용해졌다. 그 순간 옆에서 손가락을 하나하나 접으며 숨을 고르던 율리가 입모양으로 외쳤다.

지금이야!

율리는 환성을 지르며 옷장 문을 활짝 열고 스프링처럼 튀어나갔다. 재이도 율리를 따라 옷장에서 뛰어내렸다. 그런데 발을 딛는 순간 뽀얀 액체가 담긴 링거 줄이 눈에 들어왔고, 그 줄이 허우적대던 재이의 팔에 걸리면서 이동식 수액 걸이가 하필이면 손님이 누운 침대 쪽으로 힘없이 쓰러졌다.

다음날 아줌마는 어린이용 스케이트보드를 선물로 사왔다. 손님과의 시간을 방해받지 않으면서 천방지축 딸을 집 근처에 붙잡아둘 최적의 물건을 고른 것 같았다. 그날 이후 율리는 틈만 나면 주차장에 보드를 타러 나왔다. 기술은 자동차 보닛 위에 아줌마의 아이패드를 올려놓고 유튜브 영상을 보면서 배웠다. 걸음마하듯 살살 주차장을 돌아다니더니 어느새 킥턴을 익혔고, 이제는 한 뼘 점프까지 성공했다. 재이는 매일 주차장 느티나무에 올라앉아 율리가 연습하는 모습을 지켜보았다. 보드는 열 살이 되면 타는 것으로 엄마와 약속했으나 이번 방학에 율리를 졸라 한번 배워봐야겠다고 생각하고 있었다.

　재이의 집과 율리의 집은 숲과 한 블록 떨어져 있는 타운하우스의 두번째 라인에 나란히 있었다. 나무에 올라가면 두 집의 뒷마당이 한 번에 내려다보였다. 작은 주방 창 안에서 잠옷 차림의 아줌마가 주차장을 내다보고 있었다. 한낮인데도 잠이 덜 깬 듯 담뱃불을 붙이고 방충망을 여는 손이 느릿느릿 움직였다. 얼굴을 내민 아줌마가 둘에게 들리도록 큰 소리로 말했다.

　같이 재이네 집으로 와! 거기서 점심 먹을 거야.

　율리네 집에서 다섯 걸음 정도 떨어진 재이네 집 주방도 창이 활짝 열려 있었다. 두 가족은 울타리 하나 없이 직사각형 마당을 반으로 나누어 썼다. 경계가 불분명한 두 집의 마당을 구분하는 건 마당에 놓인 물건들과 잔디의 상태였다. 우선 율리네 마당 빨래 건조대에는 대강 널린 옷과 수건들이, 파라솔 아래에는 맥주병과 소주병들이 빽빽이 놓여 있었다. 아줌마는 달마다 서울에 사는 친구들을 불러 파티를 벌이곤 했는데, 율리가 이모라고 부르는 그 사람들은 마당에 그릴을 펴놓고 밤까지 고기와 해산물을 구워먹었다. 술병은 몇 달 동안 보란듯이 불어나다가 한꺼번에 사라졌다.

　재이네 집 마당을 차지하는 건 육 인용 테이블과 엄마가 애지중지 키우는 살구나무 한 그루가 전부였다. 친하게 지내는 사람이 아니라면 누구든 깨끗한 테이블과 잘 다듬어진 정원을 보고 재이가 단란한 집에 산다고 생각할 것이다. 끼니때마다 군침 도는 음식냄새를 풍기는 집. 아침에는 음악소리가, 저녁에는 대화 소리가 새어나오는 집. 언제 어느 때나 예외 없이 엄마가 자리를 지키는 집……

재이는 나무에서 내려와 집을 향해 걸어갔다. 율리가 벽에 스케이트보드를 세우고 운동화 끈을 푸는 사이 아줌마도 커다란 쇼핑백을 들고 건너왔다. 재이가 주로 들락거리는 뒷문인 불투명한 미닫이 새시를 열자 엄마가 부엌에서 채소를 썰고 있었다. 엄마가 칼을 내려놓기도 전에 아줌마가 다가가 엄마를 거실로 데려갔다.

이게 다 뭐야?

전에 말한 옷들. 지금 한번 볼래?

아줌마는 대답이 돌아오기도 전에 쇼핑백을 열어 보였다. 앞치마에 물기를 닦는 엄마의 손에 검은 정장 원피스가 떠안기듯 넘어갔다. 엄마는 조심조심 안감을 만져보고 옷을 뒤집어 브랜드 로고를 살폈다.

멀쩡한 걸 왜 팔려고?

어차피 나는 입지도 않아. 율리 아빠가 좋아하는 스타일이었지.

그래도 그렇지.

민망한 기색인 엄마를 뒤로하고 아줌마는 쇼핑백에서 트위

드재킷과 구두를 꺼내 바닥에 올려놓았다. 심지어 재킷은 태그까지 붙은 새것이었다. 재이와 율리는 거실 소파에 앉아 엄마들을 바라보았다. 꺼진 텔레비전을 거울 삼아 옷을 몸에 걸쳐 보는 엄마를, 또 백화점 점원처럼 재킷 소매를 걷어주는 또다른 엄마를 관찰했다.

이런 걸 정말 입어도 되나?

기분 전환할 때 걸쳐. 대신 백만원은 줘야 해.

아줌마가 쇼핑백에서 다음 옷을 꺼낸 순간 율리가 소파에서 일어났다. 율리는 밝은 연두색 니트를 빼앗아 품에 끌어안았다.

이건 내가 크면 입는다고 했잖아! 팔지 마.

아줌마한테 더 어울려서 파는 거야. 엄마 돈 필요해.

아줌마는 율리를 달래듯 소파에 데려가 두 무릎 사이에 앉히고는 땀으로 헝클어진 머리에서 고무줄을 풀었다. 그리고 긴 머리카락을 지그재그로 다시 땋기 시작했다. 잔머리가 목을 간지럽히는지 율리는 끙끙 칭얼대며 손으로 목덜미를 털었다. 입에서는 자꾸 웃음이 새어나왔다. 율리는 턱이 천장을 향하도록 고개를 젖히고 아줌마에게 물었다.

근데 있지. 의사 선생님 좋아했어?

갑자기 무슨 소리야.

아줌마가 되물었다. 율리는 아예 돌아앉아 아줌마의 허벅지를 베개처럼 베고 손을 그 밑에 밀어넣었다. 아줌마가 손으로 율리의 이마를 쓰다듬었다. 아저씨와 이혼한 뒤 율리네 집에는 아줌마의 남자친구들이 종종 드나들었다. 그중에 의사처럼 보이는 사람도 있었던가? 재이는 주차장을 오가던 낯선 차들을 떠올렸다.

그런 문제가 아니야.

아줌마가 허벅지에서 율리의 머리를 내려놓고 단호한 투로 말했다.

근데 왜 일하러 안 가?

이거 지우기 전에는 나오지 말래.

재이는 민소매 셔츠 밖으로 드러난 아줌마의 타투를 쳐다봤다. 목 아래 초록 하트와 새 발자국. 어깨에 새긴 파도와 율리가 태어난 날의 숫자들.

이걸 어떻게 보고?

율리가 다시 아줌마의 품에 안겨 어깨의 그림들을 어루만졌다. 재이의 생각에 옷소매와 깃에 가려지는 작은 타투 몇 개로는 아줌마를 해고할 수 없을 것 같았다. 어른들의 세계는 분명히 그보다는 복잡하고 미묘하게 돌아갔다. 율리는 방학 내내 아줌마가 집에 있는 게 마냥 좋은 눈치였다. 스케이트보드를 타는 것만 빼면 무엇이든 엄마와 같이 하려고 들었다. 재이는 달랐다. 엄마가 그렇게 해줄 리도 없거니와 재이도 그만큼을 기대하지 않았다.

살구나무 그림자가 마당에 기다란 그늘을 드리웠다. 두 가족은 다 같이 둘러앉아 식사를 준비했다. 재이는 손님인 아줌마와 율리에게 그늘을 양보하고 반팔 체크 남방을 풀어젖힌 채로 앉아 있었다. 숲에서 불어온 시원한 바람이 몸을 휘감고 지나갔다.

엄마가 컵에 당근주스를 따랐다. 비릿한 생당근 향은 아무리 맡아도 적응이 되지 않았다. 재이는 테이블 중앙으로 당근주스를 슬쩍 밀어놓고 엄마를 도와 음식을 날랐다. 반듯하게 잘린 아보카도, 적양배추와 무 피클이 각각 색이 다른 접시에 담겨 테이블에 올랐다. 부엌의 턴테이블에서 재생되는 경쾌한 드럼 소리가 뒷마당까지 퍼져나오고 있었다. 마당의 테이블은 실내 가구들과도 한 세트처럼 어울렸다. 엄마가 하나씩 더하고 빼면서 완성한 집은 모든 면에서 조화로웠고, 엄마의 의도대로 숨쉬는 듯했다.

재이와 엄마가 집에 들어갔다 나오는 사이 율리는 자기 앞에 놓인 당근주스를 단번에 들이켰다. 재이의 컵에는 여전히 주스가 가득 담겨 있었다. 아줌마가 엄마 몰래 재이의 당근주스를 율리의 빈 컵과 바꿔치기해주었고, 재이는 율리의 장난기어린 눈동자와 눈을 맞추고 엄마가 듣도록 큰 소리로 말했다.

아, 다 마셨다!

엄마는 칭찬 대신 남방 사이로 드러난 재이의 맨살을 가리키며 혼내듯 말했다.

재이, 옷 제대로 입어. 언제까지 그러고 있을 거야?

단추가 너무 커서 힘들어요.

재이는 오랜만에 어리광을 부렸다. 아줌마를 쳐다보자 아줌마가 다가와 중간과 맨 아래 단추를 채워주고는 재이의 머리를 쓰다듬었다. 엄마는 재이를 나무랐다.

왜 아줌마한테 부탁해? 혼자 할 수 있잖아.

아줌마가 먼저 해준 건데요?

아줌마도 재이의 편을 들었다.

이게 뭐라고 그래? 아무나 해주면 되지.

내가 없어도 혼자 할 수 있어야 해.

언니는 맨날 집에 있잖아.

아줌마는 엄마를 약올리듯 웃었다. 분위기를 맞추려는 듯 엄마도 따라 미소 지었다. 엄마는 어느 이웃에게든 친절했지만, 율리 아줌마에게라면 이상하리만큼 더 친절했다. 아줌마가 아무리 놀리고 깐죽거려도 자신이 진짜 언니라도 되는 듯 너그럽게 대했다. 배시시 웃으며 괜히 접시를 만지작거리던 엄마가 다시 입을 연 것은 한참 뒤였다.

자기 아르바이트는 언제부터랬지?

다음주.

이제 곧이네.

많이 얻어먹었으니까 제대로 한번 살게.

그런 뜻 아니었어. 안 그래도 돼.

걱정스러운 투로 엄마가 계속 말했다.

그래도 병원을 알아보는 게 낫지 않아?

그건 이제 안 된다니까.

또 한번 짧은 침묵이 흘렀다. 집안에서 흘러나오는 연주곡이 다음 장으로 넘어가고 있었다. 그때 재이의 형이 이층에서 내려와 마당으로 나왔다. 형은 당연하다는 듯 늘 앉던 문 앞자리에 가 앉았고, 참새들이 형을 따라 나무에서 내려와 테이블 위를 통통 뛰었다. 새들은 모두가 손을 휘저어 쫓아낼 때까지 테이블 주변을 맴돌았다.

메인 음식은 오븐 파스타였다. 녹진해진 토마토와 고기의 고소한 향이 팬 위로 모락모락 오르는 김과 함께 마당에 퍼져 나갔다. 재이는 납작한 접시에 면을 덜어 가슴 앞으로 끌어당겼다. 속을 뒤적이니 치즈가 거미줄처럼 가늘게 늘어났다. 혀에 고인 짭짤한 침을 삼키는데, 옆에서 젓가락 끝으로 테이블을 콕 찍는 소리가 들렸다. 율리가 양손에 젓가락을 하나씩 움켜쥐고 말했다.

저는 포크로 먹으면 안 돼요?

젓가락 잡아봐. 아줌마가 봐줄게.

재이 엄마가 시범을 보이자, 율리는 하는 수 없이 젓가락으로 접시의 스파게티를 뒤적거렸다. 기름진 면이 미끄덩거리다 젓가락 사이로 떨어졌다. 율리는 엉덩이를 들썩거리며 다시 젓가락으로 면을 돌돌 감으려 했고, 또 한번 면이 흘러내리자 보란듯이 일어나 젓가락을 내려놓았다. 재이의 어깨를 잡은 다음에는 모두가 듣도록 크게 귓속말했다.

포크 가져올래.

우리집에는 포크가 없단다.

엄마가 말했다. 사실이었지만 가끔은 사실이 아니기도 했다.

재이의 가족은 가끔 포크가 되었다. 재이가 처음 그 사실을 인지한 것은 네 살 때였다. 시작은 소파 위에 리모컨과 나란히 놓인 낯선 포크를 발견한 것이었다. 재이는 별생각 없이 포크를 집어들고 텔레비전을 보면서 수박을 찍어 먹었다. 얼마 뒤 방에서 내려온 형이 계단에 서서 고함을 질렀다.

엄마잖아! 그거!

재이의 입에 들어갔다 나온 포크에서 수박 과즙이 뚝뚝 흘러내리고 있었다.

그런 일에 익숙해질 때까지 재이는 어둑한 밤 소파에서 포크가 되어버린 엄마를 깔고 앉는다거나 식탁 밑에 나동그라진 엄마를 밟고 발바닥에 피가 난다거나 침대에 눕다가 이불 아래 날카로운 감촉에 놀라 튀어오르는 일을 겪어야 했다.

포크를 발견하면 소파 팔걸이나 침대 베개 위처럼 안전하고 눈에 잘 띄는 곳에 두고 엄마가 돌아오기를 기다렸다. 보통은 하루이틀 안에 돌아왔으나 드물게 며칠이 걸리는 때도 있었다. 돌아올 때는 포크가 될 때와 마찬가지로 조용했고 아무런 예고도 없었다.

저도 포크가 되면 어떡해요?

재이가 물었을 때 엄마는 부드럽게 웃으며 말했다.

아직이야. 재이는 아직 멀었어.

재이는 체중계 위에서 처음 포크가 되었던 형의 모습을 떠올렸다. 형은 열네 살에 기념비적으로 첫 포크가 된 뒤로 툭하면 포크로 변했다. 엄마도, 외할머니도 사춘기 무렵에 처음 포크가 되었다고 했다. 은밀한 부위에 털이 나고, 사랑에 빠지고, 몸 안 곳곳에 아이를 어른으로 변화시키는 강력한 호르몬이 분비되기 시작하면 어김없이 포크가 되고 만다는 것이었다. 포크가 되려면 얼마나 남았지? 새 이가 나고, 팔에 솜털이 자라면서 재이는 종종 생각했다. 외할머니와 엄마, 그리고 형 모두 사춘기에 처음 포크가 되었다면 재이 역시 그럴 확률이 높았고, 아홉 살인 지금은 변해봐야 고작 이쑤시개 정도가 될 터였다.

엄마나 형이 보이지 않으면 재이가 책임지고 찾아야 해. 할 수 있지?

알겠어요.

재이는 소파 쿠션을 쓸어내리면서 고개를 끄덕였다. 반드시 해낼 생각이었다. 그게 엄마의 집안 대대로 내려온 규칙이니까.

풀밭을 달려간 율리는 기어이 자기 집에서 포크를 꺼내들고 밖으로 나왔다. 엄마가 자리에서 일어나 팔을 벌리고 율리의 앞을 막아섰다.

어.

뒤에서 형의 목소리가 들렸다. 고개를 돌렸을 때 형은 벌써 포크가 되어 덩그러니 잔디밭에 떨어져 있었다. 포크가 되면 형은 당연히 한마디 말도 하지 못했다. 눈 코 입이 없는 다른 세상에 간 듯 잠시 모든 감각을 상실하는 것이 틀림없었다. 그렇지 않다면 고의가 아니라해도 어쩌다 엉덩이로 깔고 앉고, 발길질까지 한 적 있는 동생에게 아무런 경고도 하지 않았을 리 없으니까.

재이는 잔디밭에서 포크를 집어들었다. 슬쩍 주변 눈치를 살피다가 율리 아줌마와 눈이 마주쳤다. 아줌마는 익숙한 일이라는 듯 입꼬리를 당겨 미소 지었다. 엄마와 형이 아무데서나 포크가 되는 바람에 재이네 집안의 비밀은 이웃 어른 대부분이 아는 공공연한 비밀이었다.

잘 자란 잔디가 바람에 한들한들 움직였다. 보기 좋게 늘어진 넝쿨이 하얀 외벽을 감싼 집. 늘 따뜻한 음식냄새와 음악소리가 흘러나오는 집. 언뜻 보면 재이네 집은 정말로 평화로워 보였다.

# 2부

## 수달

재이는 율리 아줌마의 손을 꼭 잡고 걸었다. 땅을 잘 보지 않으면 운동화가 돌부리에 걸려 넘어질 것 같았다. 아줌마의 반대쪽 손은 율리가 잡고 있었다. 양손에 두 아이의 손을 잡은 아줌마는 단단히 균형을 잡고 있었고 발이 쑥 빠지는 곳에서도 휘청거리지 않았다.

언덕을 내려가자 널찍한 평지가 보였다. 녹색 풀잎을 모포처럼 덮은 땅에서 시원한 바람이 올라왔다. 재이는 이마에 맺힌 땀을 손으로 훔치며 아줌마를 따라 펜스를 넘어오길 잘했다고 생각했다.

재이의 집 맞은편 라인에 사는 할머니가 서두르라고 앞에서 손짓했다. 낫을 든 할머니의 손에서 잡초가 후두두 떨어졌다.

할머니는 키가 크고 건장했으나 머리카락과 눈썹은 완전히 세어 나이를 짐작하기가 어려웠다. 바로 옆에서는 허리가 살짝 굽은 분홍 머리 할머니가 함께 걸었다. 둘은 사이좋은 노부부처럼 한집에 살았다. 장을 보러 갈 때도, 청소일을 하는 요양병원에 출근할 때도, 정원을 손질하고 일광욕을 즐길 때도 늘 함께였다. 목에 쌍안경을 걸고 작업복 바지에 장화까지 갖춰 신은 두 할머니를, 재이와 율리, 그리고 아줌마가 뒤따라갔다. 일행이 흰머리 할머니의 안내에 따라 평평한 모래밭으로 들어서는 순간 잡풀을 향해 낫을 휘두르던 할머니가 별안간 불을 뿜듯 소리쳤다.

거기 말고!

키만큼 솟은 풀을 헤치며 걷던 재이가 멈춰 섰다.

그쪽에는 옥수수가 있잖아. 밟지 말고 이리로 와라.

옆을 내려다보니 푸른 잎사귀 아래 울타리처럼 비료 포대가 쌓여 있었다. 펜스와 언덕에 가로막힌 평지는 지금껏 따로 주인을 둔 적이 없었지만, 그런 이유로 모두의 것이기도 했다. 땅에 금이라도 그어놓은 듯 이쪽은 할머니들이 옥수수 농사를 짓고, 저쪽은 다른 집에서 고추 농사를 짓는 식이었다. 숲에 오기 전부터 할머니들의 밭이 있으니 조심해야 한다는 말을 들었지만, 재이의 눈에는 잡풀과 작물이 별로 달라 보이지 않았다. 온통 초록인 땅에서 구별이 가능한 건 한가운데 내를 감싸고 자란 갈대 정도였다.

두 할머니와 아줌마는 걷는 내내 어제 나온 뉴스에 관해 이야기했다. 재이도 아침 일찍 텔레비전에서 흘러나오는 뉴스를 들었다. 수달에 관한 보도였다. 환경부는 이 숲에 멸종위기종인 수달이 더는 살지 않는다는 조사 결과를 발표했다. 기자는 이제 타운하우스 앞 그린벨트가 해제되고 대단지 아파트가 들어올 수 있다는 뜻이라고 했다.

환경영향평가 업체도 믿을 만한 게 못 돼. 다 건설사하고 한통속이라고. 지금도 아침저녁으로는 차가 막혀 움직이지를 못하는데, 아파트 수천 세대가 더 들어오면 어쩌자는 거야?

맨 앞에서 흰머리 할머니가 소리를 높였다. 조사단이 다녀간 뒤로 타운하우스 어른들은 두세 집씩 짝을 지어 수달을 찾고 있었다.

재조사 전에 수달을 찾아내면 전부 무효로 만들 수 있어. 분명히 내가 봤다니까?

할머니의 말에 재이가 눈을 동그랗게 떴다. 정말일까? 수달이 있다는 게? 냇물을 대서 몰래 농사를 짓는 할머니들은 매일 물가에 드나드는 사람답게 축축한 땅도 성큼성큼 지나갔다. 손을 휘둘러 날벌레를 쫓으면서는, 수달뿐이야? 여긴 없는 게 없다고, 하고 목소리를 높였다.

하루는 여기 냇가에서 먹을 감고 누워서 쉬는데, 웬 놈이 내다리를 훑고 지나가는 게 아니겠어?

수달이었어요?

재이가 물었다.

모른다, 그게 뭐였는지는. 하여튼 별별 것이 다 있다는 얘기야.

내는 시야가 닿지 않는 먼 곳까지 흘렀다. 강처럼 넓게 흐르던 물은 어느 지점에서 개울처럼 좁아졌다가 다시 넓어지기를 반복했다. 왜가리와 오리들이, 나풀거리는 물풀들이 스치는 자리마다 조용한 물무늬가 뒤따랐다. 재이는 얕은 물가로 내려가 투명한 물에 손을 담가보았다. 냇바닥을 움켜잡았다가 살며시 주먹을 열자 손가락 사이로 고운 모래와 나무 찌꺼기가 스르르 흘러나갔다. 모래에 섞여 헤엄치는 검은 쌀알만한 물벌레들도 손가락을 간질이며 스쳐지나갔다. 물 아래는 물결이 이는 수면보다 더 부드러웠다. 물살을 거슬러 손을 휘젓자 물이 말없이 손을 잡아주는 기분마저 들었다.

저런 게 여기 왜 있지?

율리가 달려와 재이 옆에 섰다. 그러고는 손에 쥐고 있던 기다란 나뭇가지로 물과 땅의 경계를 가리켰다.

누가 버린 걸까?

무성한 갈대밭 가장자리에 고무신 한 짝이 물에 반쯤 잠긴 채 엎어져 있었다. 낡은 신발은 얼마나 오래 저기 있었을까?

이 마을이 생기기 전부터? 옛날 옛적 한복에 고무신을 신을 때부터? 그러면 나무들은? 풀은? 흐르는 물은? 바다의 흙은? 오백 년 전부터? 천 년 전? 만 년 전?

꼬리에 꼬리를 무는 생각에 빠져들고 있는데 뒤쪽 풀밭에서 분홍 머리 할머니의 목소리가 들렸다.

애들은 참 빨리 커. 엄마도 없이 혼자 이런 델 다 따라오고 말이야.

그러게요. 재이는 특히 어른스러워서.

아줌마가 대답했다.

재이 엄마는 못 나온다지?

네, 마당을 벗어나면 큰일나는 줄 아니까요.

요새도 걸핏하면 포크가 되나?

얼마 전에도 통화하다 말고 갑자기 포크가 됐어요.

아니, 왜 그런 거야 대체?

모르죠. 자기도 모른대요.

참 희한한 일이 다 있어. 난 그저 미신이나 이상한 종교라고 생각했지⋯⋯ 직접 보니 믿지 않을 수도 없고 말이야.

평생 돌아오지 못하는 것도 아닌데요, 뭐.

그이 친정엄마는 그렇게 되었다는 말이 있던데?

할머니가 목소리를 줄였다.

저 가엾은 것을 어떡해. 애들은 모름지기 아무 걱정 없이 커야 하잖아. 안 그래?

아줌마의 대답은 재이의 귀에 닿지 않았다. 천천히 고개를 끄덕였을까? 아니면 말없이 미소만 지었을까? 애들도 애들의 걱정이 있는 거예요, 우리 애만 해도 고민이 많은데요? 하고 멋지게 말해주었을지도 몰랐다. 아줌마는 그런 사람이니까. 재이는 그렇게 생각했다.

투명한 물이 햇빛을 신고 도망치듯 조용히 흘러갔다. 수달의 흔적을 찾던 어른들도 다시 나무가 빼곡한 경사 길로 조금씩 후퇴했다. 재이는 돌아서서 냇가를 바라보았다. 왜가리가 물을 가로질러 다홍빛 하늘로 느긋하게 날아갔다.

고수레, 고수레.

흰머리 할머니가 직접 키운 옥수수 낱알을 뜯어 밭 주변에 흩뿌리며 중얼거렸다.

이래야 짐승들이 멀쩡한 열매를 탐내지 않거든. 고수레, 고수레.

그게 무슨 뜻이에요?

재이가 물었다.

그냥 주문 같은 거지 뜻이 어디 있어?

할머니가 야무진 손길로 옥수수를 몇 개 따서 재이에게 내밀었다.

이제 나가죠. 저는 일이 있어서.

아줌마가 할머니보다 앞서 수풀을 헤치고 나아갔다. 내리막을 내려갈 때보다 걸음이 빠르고 경쾌했다. 분홍 머리 할머니가 아줌마 옆에 쓱 몸을 붙였다.

율리 엄만 다시 일 나가는 거야?

그냥 아르바이트예요. 친구가 하는 햄버거집.

성형외과는 다시 안 받아준대? 요즘 세상에 간호사처럼 애 엄마한테 월급 탁탁 나오는 일이 얼마나 있다고.

저라고 관두고 싶겠어요?

나 참, 이제 영양제 놔달라고도 못하겠네.

솔직히 그거 원래 불법이긴 했거든요?

할머니가 팔짱을 끼고 아줌마를 멀리 데려갔다. 둘의 목소리가 바람처럼 금세 멀어졌다.

\*

몸이 식탁으로 변하면 어떨까? 재이는 생각했다. 형이 국물을 흘리면 삐걱삐걱 소리를 내서 신경질을 부리고, 가족들이 잠든 사이에는 밖에 나가 네발로 동네를 돌아다닐 수도 있을까? 유리창이 되는 건 어떨까? 사람들에게 바깥세상을 보여주지만 보이게 하고 싶은 것만 골라서 보여주는 거지. 슬픈 일이 생기면 몸을 뿌옇게 만들까? 땀을 흘려서 비가 쏟아지는 것처럼 날씨를 속일 수도 있겠다. 그런데 유리는 너무 약한 게 문제야. 유리창이 될 거라면 방탄유리가 되자. 문손잡이는 어떨까? 혼자만의 시간이 필요할 때 온몸에 힘을 줘서 아무도 문을 못 열게 해야지. 텔레비전은? 거울은?

그럼 포크가 되는 건 어떨까?

날카로운 부분이 아래로 가도록 소파 팔걸이에 올려둔 포크를 볼 때마다 재이는 엉뚱한 상상에 빠져들었다. 잠자는 기분일까? 꿈을 꾸는 기분? 무섭지는 않을까?

뭐하냐?

언제 돌아왔는지 소파에 걸터앉은 형이 재이를 툭 쳤다.

언제 왔어?

지금.

기분은 어때? 괜찮아?

야, 지금 몇시야?

형은 퉁명스럽게 되묻고 핸드폰부터 찾았다. 포크에서 돌아온 형의 반응은 매번 비슷했다. 딱히 말할 게 없다, 말해도 모른다, 나중에 알게 될 거다, 좋을 때다, 지금을 즐겨라. 그런 때마다 재이는 생각했다. 어떻게 그럴 수 있겠어? 지금 집에서 일어나는 일은 무엇이든 재이의 일이기도 했다.

제일 먼저 포크가 된 사람은 누구일까? 그게 누구인지는 몰라도 최소한 외할머니 때도 대물림이 되고 있었다는 건 확실했다. 언젠가 명백한 증거를 찾았다며 형이 보여준 신문 기사에 외할머니의 사건이 나와 있었기 때문이다.

서울 중랑구에서 믿기 힘든 사건이 발생했다. 대형 제과점을 운영하는 홍 모씨는 평소처럼 가게를 닫고 집으로 향했다가 아파트 복도에서 검은 형체를 발견했다. 가게 주방에서 일하는 삼십대 여성 이 모씨였다. 홍씨는 이씨가 다짜고짜 자신에게 달려들어 멱살을 잡고 옷을 잡아당기다가 힘에서 밀리자 급기야 흉기를 꺼내들었다고 했다. 그 순간 이상한 일이 일어났다. 홍씨의 눈앞에 분명 길고 날카로운 물체가 번쩍거렸는데, 눈을 질끈 감았다 떴을 때는 이씨가 완전히 사라지고 없었다는 것이다. 공용 현관 폐쇄회로 화면에 이씨가 나가는 모습은 찍혀 있지 않았고, 복도 바닥에는 이씨가 휘두른 것으로 추정되는 포크만이 남아 있었다. 이씨가 평소 가게 운영 방식과 봉급 체계에 불만을 품고 있었다는 것이 홍씨의 주장이다. 경찰은 유일한 증거인 포크를 챙겨 이씨의 집을 찾아갔지만 이씨의 남편과 딸은 이씨가 사건 당일 출근 후 돌아오지 않았고 포크나 이씨의 행방에 대해 아는 바가 없다고 했다.

그러니까 주방 직원 이씨가 우리 할머니라는 거지?

재이가 형에게 물었다.

그렇다니까.

엄마는 왜 모른 척했을까? 경찰이 가져온 할머니를.

그러면 경찰한테 말해? 사실은 이게 제 엄마인데요, 하고? 미친 사람 취급할걸.

할머니는 어떻게 됐다고 했지?

집에는 안 돌아오셨어. 너도 할머니 본 적 없잖아.

왜 그런 건데?

내가 아냐? 할아버지도 모른대.

할아버지, 즉 엄마의 아빠가 형에게 들려준 엄마의 사연 또한 할머니만큼이나 기구했다. 엄마는 학창시절 허구한 날 포크가 되었고 할아버지는 포크로 변한 엄마를 매일같이 찾아다녔는데, 어른이 되고 한동안은 포크로 바뀌지 않았다는 것이다. 엄마는 포크가 되는 병이라고 할까, 저주라고 할까, 뭐라 정의할 수 없는 그 지긋지긋한 것에서 벗어나 통역사로 회사에 취업도 하고, 좋아하는 사람을 만나 결혼도 하고, 자식도 둘이나 낳았다.

그래서 너랑 나를 낳은 거야. 또다른 포크를 낳지 않을 줄 알고.

재이의 형은 그렇게 생각했다.

엄마가 다시 포크가 된 건 하필이면 재이를 낳고 퇴원해 집으로 돌아온 날이었다. 엄마는 그뒤로 예전처럼 종종 포크가 되었고 그 바람에 외출을 끊고 집에만 머물렀다. 그렇게 칩거한 지도 벌써 육 년이 넘어가고 있었다.

포크가 되는 건 어떤 기분일까? 재이는 오랫동안 생각해왔지만 여전히 막연한 상상에 그쳤다. 아직껏 포크가 되어본 적 없는 사람이나 할 수 있는 엉뚱한 상상들만 재이의 머릿속을 둥둥 떠다녔다.

*

재이네 가족의 자그마한 타운하우스는 엄마가 머무는 아래층과 형제의 방이 있는 위층으로 분리되어 있었다. 재이는 이층에 있는 두 개의 방 중 주방과 같은 방향으로 창이 난 작은 방을 사용했다. 뒷마당이 내려다보이는 창으로는 오후 내내 황금빛 햇살이 하얀 속 커튼을 뚫고 파고들었다. 집에 있을 때 재이는 주로 창가에 놓인 싱글 침대에 누워 엄마가 사준 자기계발서를 읽었다. 책장에는 어린이용부터 성인용까지 병을 예방하고, 부를 축적하고, 사람을 사귀는 방법 등을 총망라한 책이 빽빽이 꽂혀 있었다. 책 하나를 다 읽으면 엄마가 독서 노트를 검사하고 새 책을 주문했다. 재이가 커갈수록 책장에 빈 공간이 부족해 이제는 책이 가로로 쌓여갔다.

재이는 방에서 나와 아래층으로 내려갔다. 거실에 노란 간접조명이 켜져 있었다. 엄마는 조명 아래 소파에 앉아 넷플릭스에서 영화를 골랐다. 영화를 보는 날이면 늘 그렇듯 깔끔한 외출복 차림이었다. 검정 셔츠와 헐렁한 모래색 바지 아래로 새것처럼 윤이 나는 구두가 보였다. 율리 아줌마에게 산 구두였다. 굽이 높지 않은 가죽 구두는 실내용으로 다시 태어난 듯 말끔했다.

거실과 복도 바닥 역시 티끌 하나 없이 깨끗했다. 선풍기가 회전하며 내보내는 미풍이 거실에 기분좋게 흩어졌다. 재이는 대강 물 세수를 하고 일부러 물기를 남긴 채 선풍기 앞에 앉았다. 선풍기가 재이 쪽을 향할 때마다 찬바람이 피부의 열기를 앗아갔다. 이마를 덮은 머리카락이 떠올랐다가 눈썹을 간지럽히며 가라앉았다.

재이네 가족은 주말 오후마다 나란히 소파에 앉아 영화를 봤다. 거실 테이블 위에는 먹기 간편한 한입 음식과 깍둑썰기한 제철 과일이 놓였다. 내키는 영화가 없으면 다 같이 모여 책을 읽었는데 음식 준비는 주로 재이의 몫이었다. 엄마가 인터넷으로 재료를 주문해놓으면 재이가 주방장이 되어 손질과 조리를 맡았다. 이번 메뉴는 연어 타파스였다. 바게트를 자르고 그 위에 소스와 훈제 연어만 올리면 되는 간단한 음식이었다. 이국에서 포크가 될까봐 일찍이 해외여행을 포기한 엄마는 외국 요리책을 사서 주방 책장을 채웠다. 재이의 머릿속에도 이미 엄마에게 배운 특별한 레시피가 많았다. 일주일간 매일 두 끼를 메뉴가 겹치지 않도록 혼자 차려 먹을 수 있는 수준이었다.

거기 키친타월에다가. 옳지.

엄마는 재이가 연어의 물기를 제거하는 모습을 보면서 입으로 거들었다. 재이가 스스로 해내기를 바랐기 때문에 늘 그랬듯 직접 나서지는 않았지만, 동시에 하나라도 더 가르쳐주고 싶어했다.

가족끼리 영화나 책을 볼 때 세 사람은 맨손으로 한입 음식을 집어먹었다. 재이는 손에 소스가 묻으면 몰래 종이책에 비벼 닦곤 했는데, 형에게 들켜 싸움이 날 때면 엄마가 양팔로 둘의 머리를 끌어안았다. 그게 좋아서 일부러 책을 더럽힌 적도 있었지만, 이번 여름에는 유치한 장난을 줄이기로 결심한 참이었다. 재이는 형이 내려오기 전에 서둘러 제일 큰 연어가 올라간 바게트를 먹어 없앴다. 미리 준비한 물티슈를 무릎 위에 올려놓고 손가락에 묻은 마요네즈를 쓱쓱 닦았다.

엄마가 고른 건 바다를 배경으로 한 다큐멘터리영화였다. 다큐는 싫다고 투덜거리던 형도 어느 순간 입을 닫은 채 영화에 몰입했다. 한 시간 동안 파도와 잠수부가 화면을 떠다녔다. 재이는 디저트로 준비한 수박을 거의 독점하듯 집어먹었고,

거실에는 성우의 내레이션 소리와 재이가 수박을 서걱서걱 씹어 먹는 소리만 이어졌다. 옆에서 엄마의 무거운 숨소리가 들렸다. 감기로 코가 막힌 것처럼 숨을 들이마시고 내쉬는 소리가 점점 커졌다.

야, 엄마 자.

형이 말했다. 엄마는 돈을 벌기 위해 집에서 여러 일을 동시에 했다. 유튜브용 수업 촬영, 영상 편집, 번역을 번갈아 하는 데다 언제 포크로 변해 시간을 허비하게 될지 모른다며 쫓기듯 일을 하다보니 늘 잠이 부족했다. 재이는 옆에서 엄마의 들숨과 날숨을 따라 했다. 엄마가 일로 고단한 와중에 함께하는 시간을 내주는 것만으로도 고마움을 느꼈다.

더 볼 거냐?

형이 말소리를 죽였다.

아니.

재이는 고개를 가로저었다. 음식을 너무 집어먹어서 그런지 졸음이 몰려왔다. 형이 텔레비전을 끄고 소파 쿠션을 정리하는 동안 재이는 타파스가 남은 접시를 티슈로 가볍게 덮고는 부엌에서 플라스틱 용기를 가져와서 남은 수박 조각을 옮겨 담았다. 모든 일은 엄마가 깨지 않도록 조용히 해냈다. 재이가 방으로 돌아가며 살금살금 계단을 오르다 내려다보았을 때 엄마는 여전히 잠에 빠져 있었다.

재이는 잠들기 전 방에서 독서 노트를 썼다. 지난주에 엄마와 함께 읽은 책은 청소년 연애 소설이었다.

재이는 아직 좋아하는 사람 없어?

책을 덮으면서 엄마가 물었다.

여자친구 생기면 말해줄 거지?

그런 거 없어요.

그렇게 대답했지만 요즘 재이의 관심사는 분명 사랑이었다. 정확히는 사랑을 주는 법. 키가 크고 일찍 성숙한 애들은 엄마의 말처럼 하나둘 반에 좋아하는 사람을 만들었다. 좋음과 사랑의 차이는 뭘까? 책에서 사랑을 줄 줄 알아야 받을 줄도 안다는 문장을 읽은 뒤로 재이는 사랑을 주는 법에 대해 궁리하는 중이었다.

재이가 생각하기에 좋아하는 감정에는 호기심이, 사랑하는 감정에는 미움이 담겨 있는 듯했다. 엄마는 집을 나가 돌아오지 않는 아빠를 사랑했고, 율리 아줌마도 아저씨를 사랑했다. 사랑하니까 점점 미워지는 거지. 엄마는 나를 사랑하는데, 그럼 내가 밉기도 할까? 왜 미울까? 재이는 늘 엄마의 마음이 궁금했다. 미움보다 궁금함이 크면, 아직 나는 엄마를 사랑한다기보다 좋아하는 쪽에 가까울까?

책상에 앉아 손으로 턱을 괴고 있은 지 얼마나 지났을까, 눈꺼풀이 무거웠다. 잠시만 눈을 감고 있으려 했는데 재이의 의식은 어느덧 책상 앞을 떠나 꿈속을 떠다니고 있었다. 커다란 샘이 있는 숲속이었다. 바람이 불지 않는데 물결이 일었고, 짐승의 울음소리가 안개 속에서 메아리쳤다. 조금 전에 본 영화 때문인지 재이의 몸은 샘물 위에 반듯이 떠 있는 채였다. 개헤엄이라도 치려고 팔다리를 저어봤지만 어디로도 나아가지 않았다. 꿈에서는 왜 몸에 힘이 들어가지 않는 건지. 열심히 제자리에서 헤엄을 치는 사이 소나기가 내리기 시작했고, 귓전을 때리는 물소리에 재이는 갑자기 소변이 마려웠다. 눈치를 살피다 아무도 없는 물속에서 바지를 내리고 배를 내밀었다.

재이는 잠에서 깨자마자 책상 아래로 뻗은 다리를 살펴보았다. 다행히 끔찍한 일은 아직 일어나기 전이었다. 수박 때문에 이상한 꿈을 꾼 거야, 그런 핑계를 대면서 서둘러 화장실로 달렸다. 오줌이 꿈속의 비처럼 세차게 흘러나왔다. 볼일을 보면서 다른 손으로 눈 주위를 비비고 하품을 내뱉는데 문밖에서 어렴풋한 웅성거림이 들렸다. 방에서 커튼 틈으로 빛이 스며들지 않았던 것을 생각하면 여전히 한밤중일 텐데.

소리를 따라 내려간 재이는 소파가 반쯤 보이는 계단참에서 걸음을 멈췄다. 구두를 내충 빗은 채로 누워 있는 엄마의 발이 보였다. 텔레비전이 언제 다시 켜졌는지 화면 불빛이 엄마의 옷과 피부를 요란하게 칠하고 있었다. 재이가 거실 쪽으로 고개를 내밀자 티슈를 걷어내고 남은 타파스를 집는 엄마의 손가락이 눈에 들어왔다. 엄마는 다른 영화를 보고 있었다. 화면에서 총을 든 사람들이 차에 타려는 남자를 향해 총을 쐈다. 남자가 다리에 총을 맞고 바닥을 뒹구는데도 계속 총알 세례가 쏟아졌다. 엄마가 쭉 뻗었던 다리를 접고 몸을 세워 앉았다. 남자는 누운 채로 입에서 피를 토하듯 쏟아냈다. 배에 총을 맞으면 입에서도 피가 나는 건가, 재이는 그런 생각을 하면서 방으로 올라갔다. 침대에 누워서는 다시 엄마를 생각했다. 재이가 모르는 엄마. 문득 엄마의 표정을 보고 올걸 그랬다는 생각이 들었다. 상체를 꼿꼿이 세우면서 엄마는 어떤 얼굴을 했을까? 눈을 감았을까, 아니면 남자가 총에 맞는 모습을 똑바로 봤을까?

다시 주말이 찾아왔다. 재이가 침대에서 책을 읽고 있는데 누군가 창을 톡톡 치는 듯한 소리가 들렸다. 책을 침대에 올려놓고 창문을 열자 태양의 열기를 머금은 바람이 커튼과 함께 방안으로 밀려들었다. 율리가 뒷마당에 서서 손을 흔들고 있었다. 핸드폰이 없는 율리는 보통 마당에서 재이의 창을 향해 소리치거나 나뭇가지 따위를 던졌다.

주차장으로 내려가자 율리는 긴 머리를 휘날리며 스케이트보드를 타고 있었다. 발을 구를 때마다 펑퍼짐한 그래픽 티셔츠가 맞바람에 나풀거렸다. 재이를 발견한 율리가 주차장 통로에서 천천히 속도를 줄였다. 주차장 출구 방향에는 전기자동차 충전소와 무인 잡화점이 있었다. 말이 잡화점이지 자동판매기 세 개를 차양으로 가려놓은 소박한 공간이었다. 자판기에는 생수와 음료, 휴지, 고무장갑 같은 생필품을 비롯해 간단한 성인용품도 갖춰져 있었다. 옆에는 원목 평상이 놓여 있어 상점 하나 없는 타운하우스 단지에서 편의점과 주민센터 역할을 동시에 했다. 그늘 아래 평상에 모여 있던 어른들은 재이와 율리에게 별 관심을 기울이지 않은 채 대화에 열중했다. 끝 동에 사는 관리소장이 펜스 너머를 가리키며 말했다.

저거 싹 밀어버리면 좋겠다는 사람도 있긴 해요.

앞에는 신혼부부가 앉아 있었다. 남편이 말했다.

아파트가 들어오면 좋은 점도 있죠.

아내가 거들었다.

좋은 점만 있지. 집값도 오르고.

아이고, 실거주로 사는 어르신들은 또 집값이 오르면 뭐가 좋냐고 해요.

계속해서 관리소장이 말했다.

그분들은 자연이 좋아서 온 거니까. 몰래 농사도 지으시고.

그래도 아파트 들어오면 새로 길도 나고 상가도 생길 텐데…… 수달은 좀 찾았대요?

원래 수달이라는 것들이 사람한테 먼저 다가오기도 하고 그렇거든요. 근데 저기 사는 놈들은 자기들끼리 오래 살아서 그런가, 사람이 뜨기 전에 싹 숨어버리나봐. 감쪽같아, 아주.

저기 안 살 수도 있죠.

맞아, 맞아. 요새는 한강에도 나온다던데.

이번에는 남편이 아내를 거들었다. 재이는 어른들을 피해 느티나무에 등을 기댔다. 율리가 주차장 통로에 앉아 가방 지퍼를 열고 있었다. 몸집만한 가방에서 커버가 구깃구깃해진 쿠션 세 개가 나왔다. 율리는 색과 크기가 다른 쿠션들을 길게 늘어놓았다.

한번 뛰어넘어볼게. 연습중이거든.

성공한 적 있어?

율리는 자신만만한 표정을 지으며 무릎에 보호대를 채웠다. 둥글넓적한 플라스틱 보호대가 여름 햇볕에 까맣게 탄 율리의 가느다란 팔다리를 감쌌다. 율리는 평소보다 세게 바닥을 차고 보드에 올라 장애물을 향해 질주했다. 재이의 손아귀에도 덩달아 힘이 들어갔다. 율리는 몸이 앞으로 쏟아질 것처럼 자세를 낮추고 바닥에서 날아올랐다.

아, 제발!

율리의 점프는 쿠션 하나만큼 모자랐다. 다음 점프에서는 쿠션 위에 무릎을 꿇었고, 그다음에는 손을 짚었다. 바닥을 차는 발소리가 점점 커졌다. 율리는 무리라는 걸 알면서도 뛰어올랐고 번번이 쿠션 위로 쓰러졌다.

　내가 해봐도 돼?

　율리를 멈춰 세운 건 재이의 말이었다. 율리가 말없이 내려와 발로 보드를 쓱 밀어 보냈다. 재이는 운동화 끈을 고쳐 매고 보드에 한쪽 발을 올렸다. 바퀴가 느린 속도로 굴러갔다. 얼떨결에 두 발을 올리자 휘청휘청 앞으로 나아갔다. 방향을 바꾸는 게 마음처럼 되지 않아 내렸다 다시 타기를 반복했지만, 새로 보드에 올라탈 때마다 조금씩 자신감이 붙었고 그만큼 속도가 올라갔다. 멀리 떨어져 있던 율리의 연습용 쿠션들이 어느새 점점 가까워졌다. 발을 끌어 멈춰야 했지만, 왠지 뛰어넘을 수도 있겠다는 무모한 용기에 심장이 뛰었다. 재이는 눈을 감고 보드와 함께 날아올랐다. 하늘로 떠오른 건 정말이지 찰나였다. 나무판자에서 둥실 떨어져나온 몸이 왈칵 앞으로 쏟아졌다. 그래도 바퀴가 쿠션에 걸려 넘어지는 듯한 감각은 아니었다.

　나 넘었지?

　재이는 땅에 고꾸라졌으면서도 신이 나서 물었다. 엎드려 누운 채 내려다보니 발이 쿠션보다 앞에 나와 있었다.

　무슨. 제대로 착지해야 넘은 거지.

　굴러가는 스케이트보드를 쫓아가는 율리의 목소리에 살짝 짜증이 비쳤다. 율리는 꼬리를 꽉 밟아 낚아채듯 보드를 잡아

방향을 돌리고는 주차장 입구를 응시했다. 처음 보는 차가 주차장으로 들어오고 있었다. 소파를 실을 수 있을 만큼 뒤에 넓은 짐칸이 있는 큰 차였는데 흙먼지를 잔뜩 뒤집어써서 색이 누랬다. 차가 멈춰 서고 조수석 문이 열렸다. 율리 아줌마가 내리더니 밝은 얼굴로 뒷좌석 문을 열고 사료 포대와 물그릇을 꺼냈다. 이어서 모습을 드러낸 건 검은 개였다. 귀가 뾰족하고 털에서 윤이 나는 커다란 개. 개가 차에서 뛰어내리자 아줌마가 잡은 목줄이 일자로 팽팽하게 당겨졌다.

차는 아줌마와 개를 내려주고 바로 주차장을 떠났다. 선팅이 짙어 운전자가 누구인지 제대로 보이지 않았다. 재이의 눈에 들어온 건 멀어지는 짐칸에 실린 캠핑 의자와 밧줄 뭉치 정도가 다였다. 평소 아줌마를 찾아오던 손님들 하나하나가 머릿속을 스치고 지나갔다. 흙이 묻은 굵은 밧줄을 사용할 만한 사람이 있는지 떠올려보는 사이 율리가 달려가 아줌마의 품에 안겼다. 개는 코를 땅에 처박고 차가 떠난 자리를 맴돌고 있었다.

당분간 우리집에서 키울 거야.

아줌마가 율리에게 목줄과 물그릇을 건네고는 사료 포대를 들어올렸다.

누구 갠데?

친구.

친구 누구?

율리가 다시 주차장 입구를 돌아봤다.

배고프지? 개 데리고 들어와봐.

친구 누구냐고!

율리가 개 목줄을 잡고 사료 포대를 짊어진 아줌마의 뒤를 따라갔다. 재이는 율리의 스케이트보드, 쿠션들과 함께 주차장에 남겨졌다. 까치발을 들고 서서 율리네 집 마당을 살폈다. 차 안에서 내내 참았는지 개가 엉거주춤 앉아 오줌을 누고 있었다. 개는 도톰한 꼬리를 프로펠러처럼 움직이더니 곧 율리를 따라 집안으로 들어갔다.

재이는 혼자 스케이트보드를 타고 주차장 통로를 달려보았다. 다시 두 발을 들어올리려는데 땅에 고꾸라진 기억이 떠올라 덜컥 겁이 났다. 힘껏 뛰어올랐을 때의 감각을 되새기니 처음 보드에 발을 얹었을 때처럼 오금이 저렸다. 한 발만 올리고 조심조심 주차장을 돌아다녔다. 주차장을 한 바퀴 돌아 다시 율리네 집과 가까워졌을 때 주방 창이 열리면서 아줌마의 얼굴이 보였다. 창밖에 반쯤 몸을 내민 아줌마가 재이를 부르며 주차장을 향해 햄버거 봉투를 흔들었다.

율리네 집은 재이네 집과 구조가 같았다. 싱크대와 냉장고 수납장이 익숙한 형태로 주방 창가를 차지하고 있었다. 하지만 부엌을 채운 세간은 재이네 집에 비해 단출했다. 오븐과 아일랜드 조리대가 있어야 할 자리에는 낡은 나무 식탁이, 턴테이블과 각종 향신료가 진열되어야 할 자리에는 작은 의자만이 덩그러니 놓여 있었다. 그 의자 앞에서 개가 쪼그리고 앉아 밥그릇 가득 쌓인 사료를 먹는 중이었다.

재이는 강아지용 닭고기 간식을 몇 개 집었다. 개에게 다가가 뒷덜미를 쓰다듬자 이슬이라도 묻은 듯 털끝이 끈적거렸다. 개를 만진 손에서 젖은 흙냄새가 났다.

너는 어디에서 왔어?

개가 재이의 눈을 슬그머니 피했다. 구슬처럼 굴러내려간 눈동자가 금세 닭고기에 고정되었다. 개는 헉헉대며 간식을 집어삼켰다. 기다란 입으로 씹지도 않고 살점을 먹어치운 다음 도로 바닥에 있는 사료 그릇에 머리를 숙였다. 소복하게 쌓여 있던 사료가 눈 녹듯 사라지는 모습을 보면서 재이는 책에서 읽은 문장—생명을 집에 들일 때 먼저 고려해야 하는 사항은 사랑이 아니라 안정적인 환경이다—을 떠올렸다. 일을 그만둔 아줌마가 무슨 생각으로 이런 큰 개를 데리고 왔는지 의아했다.

팔 왜 그래? 넘어졌어?

아줌마가 다가와 재이의 오른팔을 붙들었다. 팔꿈치 아래 말라붙은 핏자국이 선명했다. 바닥에 넘어지면서 찢어진 것 같은데 쿠션을 뛰어넘었다는 사실에 흥분해 피가 나는 줄도 몰랐던 거였다. 아줌마는 거실 선반에서 소독약과 반창고를 꺼내 갖고 왔다. 한쪽 무릎을 꿇고 앉아 핏자국을 닦고는 재이의 팔꿈치를 호호 불어주었다.

율리 때문에 다친 거지?

아줌마가 반창고를 붙인 뒤 재이의 몸을 돌려세워 얼굴을 마주보았다. 두 손바닥으로 볼을 누르는 바람에 재이의 입술이 붕어처럼 위아래로 벌어졌다. 아줌마의 손길에는 엄마와 비슷하지만 조금 다른, 지금까지 재이가 경험하지 못했던 무언가가 담겨 있었다. 재이는 말로 표현할 수 없는 감정을 느끼곤 귀가 살짝 달아올랐다. 아줌마의 얼굴을 이만큼 가까이서 마주하는 것도 처음이었다. 눈동자가 새카만 아줌마는 예쁘지만 언제나 조금 화가 난 듯한 인상이었다. 날렵한 눈썹과 코끝을 보면서 재이는 아줌마의 얼굴에서 율리와 닮은 구석을 찾아봤다. 둘은 아주 다른 사람처럼 보이면서도 입매만큼은 같은 틀에다 넣어 만든 것처럼 똑같았다.

식탁 위 햄버거는 두 개였다. 아줌마는 포장 봉투에서 흰 플라스틱 칼을 꺼내 햄버거를 자르기 시작했다. 반으로 조각난 햄버거가 재이와 율리 앞에 각각 놓였다.

제일 늦게 먹은 사람이 식탁 치우기!

아줌마의 말이 끝나기 무섭게 재이와 율리가 햄버거를 집었다. 아래위로 눌린 햄버거에서 소스가 비져나와 손날을 타고 흘렸다. 반달 모양 햄버거는 여전히 한입에 넣기엔 너무 컸다. 아줌마는 수저통에서 포크를 꺼내 빵과 패티를 한꺼번에 쿡 찍었다. 속 재료가 빠져나오지 않아 깔끔해 보였다. 재이도 아줌마를 따라 포크를 잡았다. 빨리 먹기 게임을 포기하고 천천히 햄버거를 찍어보았다. 포크로 음식을 찍어 먹는 건 정말 오랜만이었다.

엄마가 아줌마 일 얘기 안 해?

아줌마가 햄버거를 삼키고 물었다.

햄버거가게 아르바이트요?

아니, 병원. 왜 그만두었는지.

간호사로 일하려면 면허가 필요한데, 이제 없다고 했어요.

그리고?

그냥 그런 사정이 있다고만 하던데요?

또? 그다음에는?

아줌마가 눈썹을 치켜뜨고 재이의 얼굴을 살폈다. 눈을 통해 마음을 읽으려는 게 분명했다.

아줌마한테 새 애인이 생겼대요. 이번에는 좋은 사람이었으면 좋겠다고……

오묘한 표정을 짓는 아줌마를 보고 서둘러 재이가 덧붙였다.

엄마가 도울 거라고 했어요. 필요하다면요.

어떻게 돕는대?

네?

좀 그렇잖아. 집에서 면접이라도 봐준대?

아줌마는 엄마의 친절이 마음에 들지 않는다는 듯 날카롭게 말했다. 재이는 엄마가 아줌마에게 베푼 호의들을 가만히 헤아려보았다. 처음 일을 그만두었을 때 돈을 빌려준 일. 아줌마네 집 마당 잡초를 선뜻 정리해준 일. 필요 없는 외출복을 굳이 사주고, 율리가 혼자 있을 때마다 집으로 불러서 밥을 차려준 일.

제 생각에 엄마는 그냥 친절을 베푸는 것 같은데요.

그래, 그런데 꼭 티를 낸단 말이야.

엄마가요?

그렇게 물었다가 재이는 엄마가 왜 그러는지 이유를 알 것 같아서 입을 다물었다. 혹시 나를 위해서일까? 아줌마에게 계속 친절을 베풀고 생색을 내는 이유가, 혹시 자기가 포크가 되었을 때 두 아들을 잘 부탁한다는 의미일까? 빚을 지워서 나중에 모른 척하기 미안하게끔?

재이는 포크를 내려놓고 엄마가 엄마만의 방식으로 자기를 챙겨주는 일들을 하나하나 떠올려봤다. 나이에 맞지 않는 어른들 책을 사주고, 노트를 검사하고, 혼자서도 할 수 있도록 오븐과 가스레인지, 청소기와 식기세척기, 컴퓨터와 핸드폰 사용법을 일찌감치 가르쳐준 일들이 먼저 생각났다. 한편으로는 손을 잡고, 등을 어루만지고, 해마다 생일상을 차려주는 평범한 일들이 더 많아졌으면 좋겠다고 생각했다. 언젠가 떠날 사람처럼 굴지 않았으면. 조금 더 나와 시간을 보내줬으면. 나중에 모른 척하지 말고 다 갚아야 한다고 생색을 내도 좋으니, 남들보다 나를 좀더 봐줬으면……

\*

　재이는 암흑 속에서 소리를 내지 않으려고 조심스럽게 발을 내려놓았다. 어두운 갈대숲 사이로 두 사람의 그림자가 보였다. 정확히는 커다란 개의 그림자까지 셋이었다. 밤늦게 깨어 있는 풀벌레와 개구리 소리를 뚫고 축축한 발소리가 이어졌다. 어두운 천막처럼 드리운 수양버들 뒤에서 율리와 아줌마가 헤드램프를 쓰고 손전등까지 든 채 개를 따라가고 있었다. 아줌마는 무릎까지 오는 냇물에 들어가 풀을 들추면서 바위 주변을 서성였다.

　재이는 나이든 물푸레나무 뒤에 몸을 숨기고 그들을 지켜보았다. 개 짖는 소리에 창밖을 내다봤다가 수상한 모습으로 단지를 나서는 율리와 아줌마를 발견하고 몰래 쫓아온 지 벌써 한 시간이 지난 참이었다. 핸드폰 플래시를 손으로 가리자 사방이 가로막힌 듯 캄캄했다. 처음부터 같이 데려가달라고 말할걸, 재이는 나무 뒤에 수그리고 앉아 후회의 한숨을 내쉬었다. 율리의 불빛이 물푸레나무 쪽을 향할 때마다 재이는 허락되지 않은 것을 훔쳐보는 사람처럼 가슴이 두근거렸다.

 율리와 아줌마의 불빛이 아래위로 움직였다. 굼뜬 율리와 다르게 아줌마는 어두운 숲에 벌써 여러 번 나와본 사람처럼 능숙하게 갈대를 헤치고 걸어다녔다. 재이는 발소리를 죽이고 몇 걸음 가까이 다가가보기로 했다. 손으로 핸드폰 화면을 감싸쥐고 액정의 희미한 불빛으로 발밑을 비춰가며 제멋대로 튀어나온 나무뿌리를 조심조심 넘었다. 돌아가는 길은 독특하게 굽은 나무줄기를 표지 삼아 외웠다. 커튼같이 무성하게 내려온 버들을 살며시 젖히자 마침내 율리와 아줌마, 그리고 개의 윤곽이 선명하게 드러났다. 그 순간 개가 무서운 기세로 짖기 시작했다. 재이는 철렁해서 주저앉듯 버들 뒤로 뒷걸음질쳤다. 조금 전에 몸을 숨겼던 물푸레나무를 찾으려 했으나 어둠 속에서 기억이 뒤죽박죽 섞여 새까만 하늘과 끝이 보이지 않는 풀숲만 눈에 들어왔다.

 달빛에 의지해 겨우 물푸레나무를 찾아낸 재이는 지난번에 할머니들과 걸었던 옥수수밭을 기억해냈다. 어떻게든 익숙한 길을 찾기 위해 핸드폰을 앞으로 들었다. 핸드폰 불빛에 어둠이 한 뼘 정도 비켜났다. 그때 재이의 뒤로 개가 맹렬히 짖으며 달려왔고, 곧이어 아줌마의 헤드램프와 손전등이 재이의 얼굴을 비췄다. 갑자기 조금 전 암흑일 때보다 눈앞이 더 아득해지는 기분이었다.

훔쳐보는 건 나쁘지, 재이야.

아줌마가 손전등을 내리고 말했다.

또 누가 알아?

저 혼자 왔는데요?

아줌마가 재이 뒤편 채소밭을 향해 손전등을 비췄다. 뒤따라와 숨을 헐떡이는 율리는 옷과 신발이 진흙투성이였다. 그걸 보고서야 재이는 자기의 신발도 엉망이라는 걸 알아챘다. 재이는 진창을 걷느라 축축해진 운동화 안에서 발가락을 꼼지락거렸다.

혼자 돌아갈 수 있지?

아줌마가 물었다.

왜? 무서워?

재이는 어둠이 무섭다고 말하고 싶었지만, 무슨 이유에선지 입이 떨어지지 않았다. 대답을 기다리던 아줌마가 개를 데리고 다시 물가로 몸을 틀었다. 불빛이 사라지자 언덕이 다시 깜깜해졌다. 다 같이 돌아가면 무섭지 않을 거야. 주춤주춤 물러나던 재이는 그렇게 암시를 걸면서 자기도 모르게 율리의 뒤를 따르고 있었다. 개는 아줌마 주변을 껑충껑충 뛰어다녔고, 커다란 혓바닥을 내밀어 공기를 핥으며 식식 거친 숨소리를 냈다. 그러다 물가로 돌아간 뒤에는 사냥개처럼 늠름한 모습으로 제일 앞장서 걸었고, 고무장갑을 낀 아줌마가 손전등을, 율리가 양동이를 들고 뒤쫓아 걸었다. 재이도 눈치껏 핸드폰 플래시를 켰다. 빛이 모이자 밟지 말아야 할 물웅덩이와 바윗돌들이 희끔희끔 시야에 들어왔다.

아줌마가 멈춰 선 것은 커다란 바위 앞이었다. 아줌마는 손을 뻗어 바위 꼭대기에 놓인 무언가를 물속에 버리고, 장갑 낀 손을 흐르는 물에 박박 씻어냈다. 그러고는 율리의 양동이에서 수세미를 꺼내 바위 위를 닦았다. 재이가 가까이 다가가 불빛에 반들거리는 바위의 젖은 표면을 살폈다.

뭐하는 거예요?

피를 닦는 거야. 사람이 죽었거든.

아줌마가 목소리를 깔았다. 정말로 사건 현장을 치우듯 아줌마의 손이 바삐 움직였다. 재이는 놀란 눈으로 율리의 눈치를 살폈다. 웃음 섞인 아줌마의 말이 들려왔다.

농담이야. 지금 똥 치운다.

똥이요? 똥? 누가 쌌는데요?

얘는. 아마 수달이겠지.

수달을 봤어요?

재이는 아줌마가 물속에 버린 것을 손으로 건졌다. 진흙 같은 덩어리가 손에 잡혔다.

근데 왜 치우는 거예요? 이걸 없애면 수달을 찾기가 더 힘들지 않을까요?

그렇겠지.

아줌마 옆에서 율리가 픽 웃었다.

엄마 지금 일하는 거야.

재이는 두 사람 사이에 서서 고개를 갸웃거렸다. 개가 다른 바위를 찾아내 컹컹 짖자 아줌마는 또다시 양동이를 들고 흐르는 내를 거슬러올라갔다. 이번에도 흙처럼 까만 덩어리를 물에 버리고 바위에 남은 흔적을 지웠다.

재이는 물가에서 아줌마의 일이 끝나기를 기다렸다. 나무뿌리에 걸터앉아 돌멩이로 물수제비를 뜨고, 작은 돌무더기를 옮겨 물을 가로막고 새로운 물길을 내기도 했다. 새길을 타고 흐르는 물이 운동화 위로 넘실거렸다. 운동화 구멍으로 새어 들어오는 물거품의 감촉을 느끼며, 도장 찍듯 진흙탕을 꾹 밟았다. 바닥이 푹 꺼졌다가 밑창 모양을 남기고 금세 돌아왔다. 물에 모래알이 쓸려갈 때마다 발자국이 조금씩 희미해졌다.

어느새 다가온 율리가 물가에서 제일 큰 수양버들을 향해 재이의 팔을 잡아끌었다.

저기 징검다리가 있어.

율리의 손가락이 가리키는 곳은 아래로 늘어진 버들가지에 완전히 가려져 있었다. 재이가 얇은 가지들을 젖히자 속 커튼처럼 가느다란 부들 잎이 나타났고, 풀잎까지 치우자 마침내 숨겨져 있던 징검다리가 나왔다. 평평한 돌다리는 건너편 땅까지 이어졌다. 오래전 이곳이 닫히지 않았던 시절에 누군가 하나씩 가져다놓은 것 같은데 지금은 이끼가 끼고 상태가 나빴다. 게다가 맨 마지막 두 돌의 간격은 발이 닿지 않을 만큼 멀었다.

저기 돌이 있으면 젖지 않고 건널 수 있겠다.

재이의 말에 율리가 고개를 끄덕이고는 앞장서 적당한 돌을 찾기 시작했다. 둘은 납작한 바위를 함께 들다가 무게를 이기지 못해 내려놓고, 바닥에서 밀고, 다시 들기를 반복했다. 자꾸 미끄덩한 이끼 덩어리가 발에 밟혀 움직이는 게 쉽지 않았다. 있는 힘껏 바위를 밀던 재이는 결국 바닥에 미끄러졌고 엉덩방아를 찧는 바람에 흙탕물이 사방으로 튀어올랐다. 몸을 일으켜 축축한 바지를 터는데 율리가 흙 묻은 엉덩이를 가리켰다. 똥이 묻었다고, 율리는 놀리듯 웃음을 터뜨렸고, 아니라고 고함을 치는 재이도 율리를 따라 웃었다. 둘은 물을 튀기고 장난을 치다 다시 힘을 합쳐 바위를 밀었다. 두 돌 사이에 바위를 놓자 물이 바위를 넘지 못하고 하얗게 부서져 내려갔다. 재이와 율리는 흥이 나서 돌다리 위를 뛰어다녔다. 흔들흔들 균형을 잡고 물위를 건너면서 새처럼 팔을 벌리고 깍깍거렸다.

엄마, 저기!

율리의 외침에 아줌마가 손전등과 헤드램프를 껐다. 사람인지 차인지 모를 불빛이 언덕 뒤편 하늘을 밝히고 천천히 움직였다.

쉿, 재이야, 플래시 꺼, 핸드폰!

아줌마는 둘에게만 들리도록 목에 힘을 주고 목소리를 낮췄다. 세 사람은 가만히 서서 빛이 지나가기를 기다렸다. 암흑 속에서 흐르는 물 소리와 풀벌레 소리만 울려퍼졌다. 한참 만에 아줌마가 말을 꺼냈다.

입다문다고 약속하면 앞으로도 끼워줄게.

언덕 너머의 빛이 흔들리다가 멀리 사라지자 아줌마는 손전등 스위치를 다시 켰다. 그러고는 바닥에 양동이를 뒤집어 앉았다.

정말요? 또 같이 와도 돼요?

몰래 나올 수 있겠어?

오늘처럼 몰래 따라올까요?

아줌마가 양동이 위에서 웃음을 터뜨렸다. 그리고 바닥을 비추던 손전등을 재이의 앞에다 흔들었다.

손전등으로 네 방 창문에 신호를 보낼게. 오래는 안 기다려.

풀숲을 빠져나올 때 재이는 아줌마의 손을 잡았다. 펜스를 다시 넘어 아스팔트 위를 걸을 때는 기분좋은 고양이처럼 발을 총총거리며 걸었다. 재이는 옷에 묻은 진흙을 털어내면서,

집에 도착하면 옷과 양말을 손빨래해야겠다고 생각했다. 그래도 얼룩이 지워지지 않으면 아줌마한테 세탁을 부탁해야겠지? 혹시라도 엄마에게 들키면 뭐라고 말할까. 어떤 핑계를 대면 좋을까. 재이의 머릿속에 이런저런 궁리가 떠다녔다. 안방 문은 아마 닫혀 있을 것이었다. 재이의 방이 비어 있다는 사실을 알았다면 엄마가 벌써 아들을 찾는다고 집을 다 뒤지고 전화를 걸었을 테니까. 재이는 별일 없을 거라고 생각하면서도 열심히 핑계를 만들었고 그러는 내내 안절부절못하는 엄마의 모습을 떠올렸다. 엄마를 생각하니 발걸음이 빨라졌다.

\*

7월이 다 가도록 형은 핸드폰만 만지작거렸다. 언제 찍었는지 모를 포크 사진을 수시로 들여다보며 핸드폰에 무언가를 기록하는 형 옆에서 재이는 액정을 곁눈질했다. 형은 영어 공부를 핑계로 인스타그램에 가입했지만 계정에 아무런 글도 올라오지 않는 걸 보면 핸드폰을 붙잡고 있는 게 인스타그램 때문은 아닌 듯했다. 뭘 그렇게 열심히 쓰는 거냐고 물으면 형은 손가락을 멈추고 핸드폰을 바지 주머니에 집어넣었다. 재이는 기웃거리고 형은 감추는 일이 오랫동안 되풀이되었다.

늦은 밤 냇가에 다녀온 다음날에도 재이는 언제나처럼 살금

살금 걸어가 문이 반쯤 열린 형의 방을 살폈다. 형은 여느 때와 다름없이 침대에 엎드려 핸드폰에 정신이 팔려 있었다.

가라.

뒤통수에 눈이 달리기라도 한 듯 형이 말했다. 문기둥에 몸을 숨기고 다시 얼굴을 내미는데 곧바로 고함이 떨어졌다.

아, 꺼지라고! 왜 그러는데?

그냥 형이 잘 있나 궁금해서 와본 거잖아.

시발, 지금 약올리냐?

형은 재이를 쳐다보지도 않고 소리쳤다. 포크가 되었다가 돌아온 후 며칠 동안 형의 애먼 화풀이는 종종 재이를 향했다. 재이는 조용히 자기 방으로 들어가 문을 닫고 책상 서랍을 열었다. 형에게 물려받은 장난감이 정돈되지 않은 채 가득했다. 플라스틱 더미에 손을 집어넣고 더듬거리자 안쪽에서 날카로운 물건이 만져졌다. 지난번에 율리네 집에서 햄버거를 먹고 주머니에 챙겨온 포크가 잘 숨겨져 있었다. 등허리가 완만한 곡선 형태로 굽은, 머리부터 꼬리까지 장식 없이 매끈한 포크였다.

재이는 거실로 내려가 형이 자주 앉는 소파 앞 바닥에 포크를 내려놨다. 안방을 향해 소리를 빽 지르자 엄마가 문을 열고 뛰쳐나왔다. 엄마는 곧바로 재이의 팔을 붙잡았다.

무슨 일이야, 응? 왜 그래?

재이는 턱으로 포크를 가리켰다. 그리고 준비한 말을 했다.

형이 또 포크가 된 것 같아요.

엄마는 침착하게 포크를 어루만졌고, 올해 형이 포크로 변한 횟수를 카운트하듯 눈을 감고 숫자를 중얼거렸다.

언제 변했어?

잘 모르겠어요.

엄마가 포크를 소파 팔걸이에 올려놓았고 재이는 소파 모서리에 놓인 포크를 조용히 내려다봤다. 포크는 날카로운 끝부분이 쿠션을 향한 채 반듯이 엎드려 있었다.

요즘 들어 좀 잦은 것 같네.

엄마의 말이 끝나기 무섭게 계단 위에서 경쾌한 발소리가 들렸다. 형이 벽을 손으로 쓸면서 아래층으로 내려오고 있었다. 아무것도 모르는 형의 시선이 재이와 엄마를 거쳐 소파에 놓인 포크에 가닿았다.

엥? 뭔데 이거?

재이는 참지 못하고 웃음을 터뜨렸다. 도망치듯 달려가 엄마 뒤로 몸을 숨기는데 형의 주먹이 날아왔다. 머리와 어깨에 주먹을 맞고 재이도 형에게 다리를 뻗었다. 엄마를 사이에 두고 혼신의 주먹질과 발길질이 오갔다. 엄마가 팔을 잡아챘지만 형은 있는 힘껏 뿌리쳤다. 형의 격한 반응은 재이의 예상을 뛰어넘는 것이었다.

넌 이런 장난이 재미있냐?

형이 소리쳤다.

우리가 다 포크로 변하면 너 혼자야. 알지?

재이는 발차기를 멈추고 엄마의 옆얼굴을 올려다보았다.

우리 다 못 돌아오면 너만 남는 거라고.

그만하지 못해!

엄마의 고함이 형의 말을 가로막았다. 형은 입을 다무는 대신 소파 위 포크를 움켜쥐고는 식탁 위를 닥치는 대로 휘저어 쓸어버렸다. 엄마의 가계부가 텔레비전 앞까지 날아가고, 나무접시가 바닥을 때리며 요란하게 나뒹그라졌다. 그러고도 분이 풀리지 않는지 형은 계단을 달려 올라가 들으란 듯이 방문을 쾅 닫았다. 물건을 집어던지고 꽥꽥대는 소리는 위층에서도 계속되었다. 재이는 중학생 형의 주먹은 별로 무섭지 않았다. 다만 악에 받쳐 내뱉는 형의 말은 두렵고, 또 싫었다. 엄마는 말없이 접시를 줍고 널브러진 가계부를 다시 식탁 위에 올려놓았다. 그 모습을 보다가 재이도 가만히 소파에 주저앉았다. 형이 발을 구르는 소리가 천장을 타고 울렸다.

엄마.

쿵쿵대는 천장을 쏘아보면서 재이가 엄마를 불렀다.

엄마!

엄마를 돌아보며 소리쳤을 때 엄마는 접시 옆에서 포크가 되어 있었다.

재이는 늘 하던 대로 엄마를 소파 팔걸이에 올려놓고 그 옆에 앉았다. 포크를 내려다보며 조용히 소파 등받이에 몸을 기댔다. 얼굴은 덤덤했지만 사실은 태연하지 않았다. 포크가 된 엄마를 처음 제 손으로 소파에 올렸을 때부터 재이는 줄곧 불길한 예감 속에 살아왔다. 언젠가는 엄마가 영영 돌아오지 않을지도 모른다고. 바닥에 떨어져 있는 포크를 주울 때면 엄마도 형도 언제든 떠날 수 있다는 사실을 새삼 실감하게 됐다.

오후 늦게 돌아온 엄마는 주방에 서 있었다. 짭조름하고 고소한 냄새가 집 전체에 고루 퍼졌다. 엄마가 오랜만에 프라이팬에 기름을 두르고 재이가 좋아하는 새우전을 부치는 냄새였다. 재이는 싱크대에서 손을 씻었다. 수건에 물기를 닦고 주방 보조처럼 엄마 뒤에 서서 흰옷을 입은 새우가 지글지글 익어가는 모습을 바라보았다.

오늘은 하지 않아도 돼.

엄마가 나무젓가락을 내저으며 재이를 쫓아냈지만, 재이는 다음을 위해 부침가루 반죽의 농도와 새우가 익어갈 때의 색 같은 것들을 눈에 담았다. 형은 새우전과 다른 음식들이 다 차려지고 나서야 방에서 내려왔다. 아침만 해도 형과 같이 채소를 씻고 찌개를 데웠는데 주방 분위기가 서먹했다. 따로 정한 건 아니었지만 세 사람은 늘 같은 자리에 앉았다. 엄마가 가스레인지 바로 앞 의자에 앉으면 재이와 형이 엄마를 보고 나란히 앉았다.

할 말 없어?

엄마가 낮은 목소리로 물었다. 형은 못 들은 척 고개를 숙이고 반찬을 뒤적거렸다.

동생한테 왜 그런 말을 해?

그제야 형은 이미 뱉은 말을 주워 담기라도 하려는 듯 크게 숨을 마셨다. 입을 여는 순간에도 재이를 쳐다보지는 않았다.

미안.

다시 해.

미안하다고. 실수임.

재이는 시간이 필요해. 왜 그걸 몰라?

아니, 얘한테는 아직 남 일이야. 지금은 그냥 아빠처럼 도망치고 싶을걸?

재이는 형을 피해 창밖을 건너보았다. 차라리 진짜 돌아오지 못했다면 형을 위해 뭐든 했을 텐데. 매일 포크를 깨끗이 닦아주고, 자리를 옮겨주고, 스케이트보드도 태워줬을 텐데. 재이는 밥을 짭짭대는 형의 입을, 얄미운 눈초리를 차례로 쏘아봤다. 자신의 속을 몰라주고 모진 말을 뱉는 형이 밉고 서운해서 재이의 마음도 덩달아 차갑고 날카로워졌다. 몸이 굳어 포크가 된다면 분명 지금이 그 타이밍이었다.

엄마는 뜬금없이 날씨 얘기를 했다. 늦은 오후의 긴 햇살이 뒷마당을 비추고 있었다. 엄마가 젓가락으로 큼지막한 새우전을 집어 재이의 숟가락 위에 얹었다. 가족의 문제는 식탁에서 푸는 거라고, 엄마는 입버릇처럼 말했다. 그게 식구라는 말의 의미이고, 다툰 뒤에도 꼭 같이 끼니를 먹어야 한다고. 마음에 뿔이 나서 서로를 쳐다보지 않는 날에도 재이와 형은 식탁에 나란히 앉아야 했다. 엄마는 한번 정한 규칙을 강박적으로 지켰다. 집밖에 나서지 않고부터는 규칙이 규칙을 불러 규칙을 지키는 일이 삶의 전부가 되어버린 듯했다.

재이도 형한테 사과해.

왜요? 집에 포크를 가져와서요?

재이가 엄마에게 되물었고, 형은 못 들어주겠다는 듯 자리를 박차고 일어났다. 재이는 형이 방에 도착하기 전에 계단에 걸려 넘어지거나 포크가 되어 바닥에 떨어지는 모습을 상상했지만 그런 일은 일어나지 않았다. 가족의 식사는 평소보다 짧게 끝났다. 형이 거칠게 방문을 닫는 소리가 울리자 엄마가 천천히 재이의 옆자리로 넘어왔다. 엄마가 손으로 재이의 어깨를 주물렀다.

있잖아요. 방금 나도 포크가 될 것 같았어요.

왜 그런 생각을 했어?

그냥요. 왠지 마음이 뾰족해져서.

그런 거랑은 상관없어.

그럼 아까 엄마는 왜 포크가 된 건데요?

엄마는 텔레비전을 보다가, 책을 읽다가, 손톱을 깎다가, 심지어는 자다가도 포크가 되는데? 잘 알면서.

저는 언제 포크가 될까요?

조금 더 커야 해. 그것도 알잖니.

포크가 되면 어때요?

글쎄. 그곳을 어떻게 말해야 할지 모르겠구나.

그래도 풀어서 말한다면요?

말해도 이해하기 어려울 거야. 네 경우에는 어떨지 알 수 없기도 하고. 나중에 다 알게 될 거야.

나중에, 나중에, 나중에, 형도 맨날 그렇게 말해요.

맥이 풀린 재이가 기운을 내 다시 물었다.

포크가 될 것 같을 때 미리 말해주면 안 돼요? 십 초 전, 아니 일 초 전이라도요.

나도 그럴 수 있다면 좋겠구나.

엄마는 왜 아무런 노력도 하지 않아요?

엄마의 목소리가 살짝 높아졌다.

무슨 말이니? 엄마가 너희를 위해 얼마나 노력하는데.

아니, 포크가 되지 않으려는 노력 같은 거요.

그건…… 노력해도 소용없는 거야. 기억하렴. 포크는 우리

집안의 재채기 같은 거야. 예측할 수도 없고, 참을 수도 없어.

저는 재채기 잘 참는데요?

엄마가 말없이 재이의 머리를 쓰다듬었다.

정말 영원히 돌아오지 않을 수도 있어요?

그 말을 할 때는 재이도 조금 뜸을 들였다.

형은 왜 갑자기 그런 말을 한 거예요?

얘, 제발.

엄마가 미간을 구기고 한숨을 내뱉었다.

엄마는 저를 사랑하세요?

재이는 질문을 바꿨다. 표현은 달라도 사실은 같은 말이었다. 더 노력할 수는 없나요, 반드시 돌아온다고 약속해주세요, 와 같은 말. 마음에 드는 대답이 돌아오지 않으면 형처럼 소리치고 반항심을 내보일 작정이었다. 엄마는 대답을 대신하듯 재이의 손등, 볼, 눈썹, 꼬불거리는 뒷머리를 차례로 쓰다듬었고 재이는 오랜만의 손길이 쑥스러워서 엄마의 손을 붙잡았다.

알아요. 사랑하시는 거.

정말?

엄마의 손이 남겨진 의심을 짜내듯 재이의 손바닥을 꾹 눌렀다. 사랑해, 하고 말하는 것처럼 손바닥을 포개고 한 번, 두 번, 세 번, 지그시 감싸쥐었다. 이제 괜찮지? 엄마가 속삭였다. 그 속삭임에, 손을 타고 전해오는 따뜻한 체온에 재이는 바보처럼 기분이 조금 누그러졌다. 엄마의 손을 얼마 만에 잡았는지 헤아리려 애썼지만 생각나지 않았다. 집안에서는 손을 맞잡을 일이 거의 없으니까. 재이는 손깍지를 끼고 어깨를 툭 떨어뜨렸다. 다시 생각해보니 형처럼 꽥꽥대고 못된 아이처럼 구는 건 조금 멍청한 짓이었다.

\*

시원한 산바람이 불어오자 재이는 조용히 집을 나섰다. 율리네 개가 껑껑 짖다가 재이를 알아보고 꼬리를 흔들었다. 재이는 신이 나서 반기는 개를 내버려두고 언덕 너머의 냇가를 향해 걸었다. 평일이라 그런지 타운하우스 안길에 나와 있는 사람은 아무도 없었다.

포크 장난을 친 뒤로 재이는 집에서 보내는 시간이 조금 불편했다. 형은 방문을 걸어 잠그고 재이를 투명 인간 취급했다. 친구와 통화하는 목소리만이 가끔 벽을 넘어왔는데, 재이를 제일 신경질 나게 하는 건 화장실에 가려고 형의 방을 지나칠 때마다 말소리가 줄어든다는 거였다. 재이는 형이 자기 욕을 하고 있다고 생각했다.

구름이 걷히고 해가 쏟아졌다. 모퉁이를 지나니 '그린벨트 개발 결사반대' 현수막 아래를 서성이는 흰머리 할머니와 분홍 머리 할머니의 뒷모습이 보였다. 막 언덕을 내려왔는지 할머니들은 빈 비료 포대를 접어 재활용 쓰레기함에 버리고 있었다. 할머니들이 움직일 때마다 옷에 묻은 회색 가루들이 풀썩풀썩 날렸다.

어디 가려고?

흰머리 할머니가 재이를 보고 물었다.

그냥요.

숲에 가냐?

재이는 말없이 펜스에 걸린 사다리를 올랐다.

밭은 안 밟게 조심해라. 알겠어?

할머니가 옷에 묻은 가루를 탁탁 털며 말했다.

이런 가루 있는 데는 밟지 마. 애써 뿌려둔 거니까.

수달을 찾아보려고요.

재이가 대답하자 이번에는 분홍 머리 할머니가 중얼거렸다.

기특한 것. 제 엄마 몫을 하는구나.

재이는 그 말을 뒤로하고 철제 펜스를 넘었다. 소나무 언덕을 곧장 가로질러 갈대가 무성한 오솔길을 걸었다. 푸른 갈대가 내를 끼고 물의 그림자처럼 끝없이 이어졌다.

밭에 가까워지자 옅은 화장품 냄새가 풍겼다. 회색 가루가 덮인 네모난 땅이 할머니들의 옥수수밭이었다. 푸른 줄기 아래로 회색과 갈색의 경계선이 선명했다. 낮의 숲에서는 밤에 보이지 않는 것들이 눈에 들어왔다. 흙에 찍힌 미지의 발자국이나 나뭇가지에 지은 새들의 둥지, 해를 받고 펼쳐진 자귀나무 이파리 같은 것들…… 재이는 새로운 풍경을 눈에 담으며 가능하다면 도로가 나올 때까지 걸어보기로 했다. 흙과 나무의 행렬이 끊어지는 그린벨트의 끝. 그곳에 가봤다는 사람은 아직 아무도 없었다.

완만한 길을 한참 동안 걷고 나니 경사가 조금씩 가팔라지기 시작했다. 또다른 나무 언덕, 아니, 작은 산의 시작이었다. 비좁은 비탈길에는 산의 기슭에서 두 갈래로 갈라진 물이 흘러내려오고 있었다. 가파른 경사를 내려와서 그런지 물소리가 유난히 격렬했다. 어둑어둑 나무 그늘이 진 비탈길 어딘가에서 사람의 목소리가 들렸다. 산너머에 다른 마을이 있는 걸까? 재이는 소리가 나는 쪽으로, 오른쪽 물길을 거슬러 산길을 올라갔다.

내 차례야!

여자애의 목소리였다. 명랑한 목소리는 등산로도 없는 높은 경사지에서 들려왔다. 재이가 나무를 짚어가며 가파른 길을 오르는데 머리가 덥수룩한 아이의 뒷모습이 보였다. 두 아이가 우거진 나무들 사이에서 칼싸움 비슷한 놀이를 하고 있었다. 남자애가 나뭇가지를 치켜들었고, 여자애가 펜싱 선수처럼 짧은 막대기를 휘둘렀다. 무기는 나뭇가지가 아닌 쇠막대기였다.

 잠깐만. 누가 있어.

 여자애가 동작을 멈추고 고개를 돌렸다. 그애는 재이와 눈이 마주치자마자 산 위로 달아나기 시작했다. 남자애도 달렸다. 둘은 숲길에 도가 튼 듯 나무 사이를 잘도 뛰어다녔다. 재이도 따라서 비좁은 비탈길을 올라갔다. 잠시 멈춰 서서 망을 보던 남자아이는 재이가 땅을 보는 사이 나무 위로 솟은 듯 재빠르게 눈앞에서 사라졌다. 나무를 타는 건 재이도 지지 않을 자신이 있었지만, 어느 그늘로 숨어버렸는지 도무지 알 길이 없었다. 고개를 들고 주변을 크게 한 바퀴 돌아보아도 사람이 머문 흔적이라고는 없는 험준한 산길이었다.

 재이는 산속에서 길을 잃은 기분이 들었다. 소리를 쫓아 올라오느라 기억해놓은 이정표가 하나도 없었다. 비스듬한 자세로 엉거주춤 경사로를 내려가다가 두툼한 나무줄기를 붙잡고 소리쳤다.

 누구 없어요?

 해가 잘 들지 않는 나무숲이 솜이 물을 빨아들이듯 재이의 목소리를 삼켰다. 덜컥 두려움이 일었지만, 재이는 사방에서 어렴풋이 들려오는 물소리에 귀를 기울였다. 굵은 물줄기를 둘로 가르던 기슭을 찾으면 집으로 가는 길이 나올 거였다. 재이는 물소리에 귀를 기울이며 조심히 발걸음을 옮겼다. 사방에 부딪혀 되돌아오는 물결소리를 쫓아 걷고 멈추기를 반복했을 때 눈앞에 막다른 바위 절벽이 나타났다. 가느다란 물줄기들이 알 수 없는 곳으로부터 절벽 아래로 흘러오고 있었다. 발길을 돌려 촉촉한 흙길을 내려갔다. 내리막길에서는 온통 줄기와 밑동 표면이 하얗게 갈라지고, 이곳저곳에 진흙이 묻은 나무들이 자라고 있었다. 껍질이 벗겨져 줄기가 잿빛인 두 그루의 쌍둥이 나무 사이를 통과하자 누군가 오랫동안 밟아 길을 낸 듯한 오솔길이 나왔다. 멀리 움푹 꺼져 들어간 땅에는 나뭇가지를 쌓아 지은 집도 있었다. 풀과 여름 낙엽으로 덮여 있는 집. 너무 작고 보잘것없는데다가 나무 그늘에 숨겨져 산을 조금만 내려가도 시야에 들어오지 않을 집이었다. 재이가 고기 냄새인지 생선 냄새인지 모를 비린내를 쫓아 그 집에 몇 걸음 다가서는 순간 바깥에 반듯하게 세워둔 농기구가 눈에 들어왔다. 쓰고 내려놓은 지 얼마 되지 않은 듯 아직 싱싱한 풀이 날에 붙어 있었다. 불현듯 알 수 없는 시선이 느껴졌다. 누군가를 부르는 듯한 소리도 들리는 것 같았다. 음산한 느낌에 재이는 주변을 두리번거리다 발걸음을 재촉했다. 바람이 나무에 부딪혀 나는 소리일 거야, 스스로를 안심시키면서 거의 뛰어내리듯 내리막을 걸었다.

물을 따라 내려오니 다시 경사가 완만해지고 마침내 재이가 잘 아는 풍경이 펼쳐졌다. 재이는 환한 햇살을 바라보며 서둘러 갈대밭으로 들어갔다. 집으로 가려면 또 한참을 걸어야 했다.

타운하우스 안길은 여전히 고요했다. 재이는 주차장 느티나무에 올라가 걸터앉고는 저녁식사 시간을 기다렸다. 율리네 집 주방 외벽에 세워놓은 스케이트보드가 내려다보였다. 주방 창문 안에서 아줌마보다 작은 실루엣이 거실 쪽으로 느릿느릿 움직였다. 냇가에서 함께 밤을 보낸 이후로 율리가 주차장에서 보드를 타는 시간이 점점 줄어들고 있었다.

초인종을 누르자 율리가 문을 열었다. 보드를 타자고, 연습을 돕겠다고 해도 율리는 고개를 저었다. 낮잠이 덜 깼는지 손등으로 마른 눈을 비비기만 했다.

그럼 너희 집에서 놀래. 집에 있기 싫단 말이야.

재이는 현관에 버티고 서서 말했다. 대답도 듣기 전에 흙 묻은 운동화를 현관에 벗어놓고 율리를 지나쳐 막무가내로 집안에 들어섰다. 아줌마가 없는 집에 들어가는 건 꽤 오랜만이었다. 원목 신발장, 흰 벽지와 나무 마루, 통유리창. 재이는 자기 집과 구조가 같은 거실을 지나 큰방 앞에 멈춰 섰다. 두 엄마의 취향은 안방에서 갈렸다. 엄마가 책상을 놓은 자리가 이곳에선 전신거울과 철제 수납장의 자리였다. 이 방에서 가장 특별한 물건은 구석에 세워진 수액 걸이였다. 아줌마는 수액 걸이 앞에다 간이침대를 놓고 항상 흰 커튼을 쳐두었다. 침대와 커튼만 보면 그 방은 사적인 병실 같기도 했다. 언제나 먹고 남은 음식과 옷가지가 널려 있는 거실과 달리 아줌마의 방은 늘 청결했다.

처음 율리를 알았을 때부터 재이는 이곳에서 병원 놀이를 했다. 율리는 피곤하거나 재이와 놀기 귀찮을 때마다 간이침대에 재이를 눕히고 환자 역할을 시켰다. 율리가 물 묻힌 솜으로 손목을 닦고, 주삿바늘이 들어갈 만한 곳에 아무렇게나 주사기를 갖다대는 동안 환자 역할을 맡은 재이는 아무것도 하지 않았다. 천장을 바라보고 누워 잠을 자거나 멍하니 시간을 보내면 되었다. 율리는 거실 소파에 누워 텔레비전을 보다가 한참 만에 들어와 주사기를 갖다댔던 부위에 능숙하게 반창고를 붙여주곤 했다.

재이는 오랜만에 간이침대에 누웠다. 율리가 늘 하던 대로 아줌마의 아이패드로 클래식 음악을 재생하고 빈 수액 걸이를 침대 옆으로 가져왔다. 반듯이 누운 채로 재이가 말했다.

아까 물길을 따라서 끝까지 올라가봤거든? 산에 애들이 있었어. 사람이 살면 안 되는 땅이라고 했잖아. 근데 사람이 있더라고.

엄마가 그쪽으로는 가지 말랬는데.

왜?

오래전에는 외국 사람들이 몰래 살았대. 지금은 누가 살까? 그런 데 숨어사는 걸 보면 떳떳하지 않은 사람들일 거야. 범죄자라도 있으면 어떡해? 살인자나 감옥에서 몰래 나온 사람이 살면 어떡할 거냐고.

아줌마도 가본 적 있대?

아니. 가면 안 된다고 했다니까.

내가 내려오다가 이상한 집을 하나 봤거든?

거길 들어갔어?

아니. 근데 거기서 누가 쳐다보는 것 같은 기분이 드는 거야. 으악.

비릿한 음식냄새도 나고, 낫 같은 것도 걸려 있었어.

악.

율리가 더는 듣기 싫은지 귀를 막고 몸을 오그리며 머리를 탈탈 흔들었다. 그러다 잠시 딴생각에 빠진 얼굴로 주변을 두리번거리더니 마침내 대화를 끝내려는 듯 말투를 바꿨다.

움직이지 마세요, 환자분.

신나서 말을 이으려던 재이가 눈을 동그랗게 떴다.

이렇게 막 떠들고 움직이시면 안 되거든요.

알코올 솜과 주사기를 생략한 채 손톱으로 바늘 꽂는 시늉을 하는 율리의 손이 바삐 움직였다. 조금만 계세요, 하는 말을 마지막으로 율리는 재이를 눕혀놓고 방을 나섰다. 살짝 열린 문틈으로 거실 소파에 비스듬히 눕는 율리의 모습이 보였다. 율리는 만화책을 펼치며 막대사탕을 입에 물었다. 아줌마의 담배를 흉내낸 것이었다. 입을 오물거리는 모습이 아줌마의 얼굴과 포개졌다. 문득 율리의 생일 전날 밤 조용히 이 방을 찾아왔던 아줌마의 손님이 떠올랐다. 간간이 찾아오던 손님들도 이런 시간을 보냈겠지? 이런 일들 때문에 아줌마가 병원에서 쫓겨났을까? 아줌마의 일에 정확히 어떤 문제가 있었는지 몰라도 재이는 아줌마의 방에서 바라보는 바깥 풍경을 꽤 좋아했다. 호텔처럼 새하얀 침대 시트와 커튼. 자신의 집 창문으로 볼 때와 같은 듯 달라 보이는 나무와 건물들. 모로 누워 맞은편 자줏빛 지붕을 올려다보면 햇살을 담은 바람이 지붕을 훑고 방안으로 들어왔다. 갓 세탁한 수건의 냄새 같은 디퓨저 향이 화장대 위에서 퍼졌다. 몸이 침대 시트 깊이 달라붙었다.

아줌마의 방에서는 바깥에서보다 시간이 빠르게 흐르는 듯했다. 이불 아래로 나온 발이 기분좋게 데워져 있었다. 나른해진 몸을 일으켜 방밖으로 나왔을 때 율리는 소파에 누워 자고 있었다. 신발을 들고 조용히 주방 뒷문으로 나가려는 재이를 검은 개가 배웅했다. 개는 문까지 달려나와 재이의 손에 머리를 비볐다. 작은 주인이 자는 것을 아는지 발소리를 내거나 짖지는 않았다.

 밖으로 나온 재이는 몇 걸음 건너 자기네 집 마당에서 허리를 뒤로 젖혔다. 살구나무 아래에서 옆구리에 손을 짚자 해질 무렵 하늘이 나뭇가지 사이로 올려다보였다. 비를 머금었는지 구름 색이 어두웠다. 기다랗게 뭉친 수증기가 노을에 걸려 붉게 멍들어가고 있었다.

 어디 갔다 와?

 문을 열자 엄마의 목소리가 다급하게 날아들었다.

 아, 재이구나.

 막 신발을 벗고 있는데 방에서 달려나온 엄마가 실망한 투로 중얼거렸다. 도둑이라도 든 듯 집안이 엉망이었다.

 형이 안 보이네. 포크가 된 것 같은데.

 밖에 나간 거 아닐까요?

 그럴 리가.

 언제부터 없었는데요?

 엄마도 내내 일하느라 좀 전에 알았어. 그런데 재이는 왜 이제야 왔어? 형이랑 화해해놓고 아직도 서먹해서 밖으로 도는 거야?

 엄마가 자신에게 책임을 묻는 것처럼 느껴져 재이는 대꾸하지 않고 바닥만 바라보았다. 다시 고개를 들었을 때 엄마는 이미 바쁜 눈으로 주방을 살피고 있었다.

집에 있긴 할 거야.

허락 없이는 외출이 금지인데다가, 매일 핸드폰을 붙들고 사는 애가 그걸 놓고 나갔을 리는 없다는 게 엄마의 생각이었다. 재이는 계단을 올라 형 방을 향해 머리를 내밀었다. 방문이 활짝 열려 있었다. 엄마가 이미 다녀간 듯 침대와 책상, 의자 밑이 어수선했다. 방에서 나와 화장실 문을 열어보았지만, 욕조와 변기, 그 어디에도 형은 보이지 않았다.

여길 왜 이제 봤지?

아래층에서 엄마의 목소리가 어렴풋이 들렸다. 계단을 내려가자 엄마가 식탁 의자 등받이를 한 손으로 잡고 포크를 든 채 서 있었다. 작고 평범한 스테인리스 포크. 재이가 율리의 집에서 가져왔던 포크와 생김새가 비슷했다.

다음날도, 그다음날도, 재이는 아침저녁으로 형의 방문을 두드렸다. 대답이 없어 들어가보면 엄마가 침대에 올려놓은 포크는 여전히 베개 위에 가만히 엎드려 있었다.

그러다 한번은 방문을 닫고 살며시 포크를 집어들었다. 머리로는 엄마나 형이 정말 포크가 된다는 걸 잘 알고 있지만 가끔은 모든 일이 엄마의 장난처럼 느껴졌다. 포크의 볼록한 등허리에 천장 형광등과 재이의 모습이 뭉개진 채 비쳤다. 재이는 포크를 입에 넣고 앞니로 깨물어보았다. 끝이 너무 뾰족해

입천장에 살짝 스쳤는데도 눈물이 핑 돌았고 이런 순간만큼은 정말 형이 맞는 것 같다고, 재이는 포크를 내려놓으면서 생각했다.

형의 방 창가에서는 풀숲의 귀퉁이가 내다보였다. 재이는 주차장 매연이 올라오지 않는 형의 방이 늘 부러웠다. 창을 열어놓고 형의 이동식 행거를 끌어당겼다. 형은 제일 아끼는 옷을 전시하듯 바퀴 달린 행거에 걸어두곤 했는데, 티셔츠와 청바지는 그렇다 치더라도 여름에 어울리지 않는 코트와 머플러도 함께 걸려 있었다. 바깥에 나가는 데라고는 고작 마당뿐이면서 엄마와 형은 계절마다 온라인 쇼핑으로 새 옷을 샀고, 거실에서 한두 번 걸치고는 옷장에 잘 걸어두었다가 이듬해 중고로 판매했다. 번 돈은 새로운 옷을 사는 데 보탰다.

문과 마주한 벽에는 형이 좋아하는 축구 선수의 포스터가 붙어 있었고, 그 아래 책상에는 중학교 친구들과 찍은 사진 액자와 홈스쿨링 교재들이 보였다. 모두가 보는 체육대회에서 포크가 되어버린 뒤로 형은 쭉 자기 방에서 학업을 이어가고 있었다. 매일 화면으로 형을 만나는 선생님에 따르면 형은 요새 다른 데 정신이 팔려 있는 것 같다고 했다. 수업 때도 엉뚱한 질문만 하고, 완전히 자포자기한 애처럼 공부를 내려놓은 것 같다고. 재이는 의자에 앉아 형의 홈스쿨링 교재를 이리저리 뒤적였다. 문제집더미 바로 옆 충전 거치대에 형이 늘 끼고 사는 핸드폰이 놓여 있었다.

　비밀번호는 알고 있었다. 엄마는 자식들의 핸드폰 비밀번호를 똑같이 정해놓고 매일 한 번씩 유튜브와 메신저 기록을 확인했다. 형제가 스마트폰을 손에 넣기 위해 동의한 조건이었다. 비밀번호를 누르자 홈 화면이 나타났고, 화면을 위로 쓸어올리자 형이 마지막으로 열었던 앱들—레알 마드리드의 팬 커뮤니티, 좀비를 죽이는 모바일 게임, 유튜브, 그리고 인스타그램—이 나란히 떠올랐다. 인스타그램은 엄마가 매일 감시하는 공개 계정으로 로그인되어 있었다. 엄마는 팔로잉 목록이나 DM 정도만 확인하고 넘어갔지만, 재이는 다른 계정에 관심이 있었다. 형이 매일 일기장으로 사용하는 곳으로 추정되는 비공개 계정. 그곳에 몰래 적는 말들이 언제나 궁금했다.

　프로필 사진을 클릭해보았지만 다른 계정은 연결되어 있지 않았다. 잠시 망설이다 아예 로그아웃을 하고 새로 로그인 화면에 들어가보았다. 모르는 계정이 자동완성 목록에 떴다.

　게시물 397, 팔로어 0, 팔로잉 0
　처음으로 입성한 형의 비밀 계정에는 아무것도 없는 검정 이미지가 가득했다. 맨 윗줄부터 검정색 사각형이 이어지다 갑자기 재이가 율리네 집에서 가져온 포크 사진이 등장했다. 사진을 누르자 형이 쓴 짧은 문장이 보였다.

—재이가 이상한 포크를 가져다가 엄마를 속였다. 옆집에서 가져온 듯. 유치한 새끼.

화면을 더 내리자 중간쯤에는 포크로 변한 엄마를 찍은 듯한 사진도 여럿 이어졌다. 재이는 사진을 한 장 한 장 눌러서 문장을 확인했다.

—포크가 된 지 15일째. 엄마가 돌아옴. 시발. 이번에는 꽤 쫄았다.
—포크가 된 지 14일째. 아무런 변화 없음. 이대로 안 돌아오는 거 아니야?
—포크가 된 지 13일째. 아무런 변화 없음. 나이가 들면 쿨타임이 길어지나?
—포크가 된 지 12일째. 아무런 변화 없음.
—포크가 된 지 11일째. 아무런 변화 없음.
—포크가 된 지 10일째. 아무런 변화 없음.
—포크가 된 지 9일째. 아무런 변화 없음.
—포크가 된 지 8일째. 아무런 변화 없음.
—포크가 된 지 7일째. 이번에도 길다. 설마 감기 때문인가?

다시 의미 없는 검정 이미지와 언제 찍었는지 모를 바깥 사진들, 그리고 커터 칼 사진이 이어졌다.

―테스트 37. 전학 간 여자애한테 문자로 고백하고 차이기. 성공?
―테스트 18. 3분 동안 숨 참기. 실패.
―테스트 10. 한 시간 동안 소나무 언덕 전력 질주. 실패.
―테스트 5. 날카로운 물건으로 상처 내보기. 실패.
―테스트 2. 이틀 동안 물 안 마시기. 실패.
―포크가 되는 실험을 시작했다. 이층 창문에서 떨어지기. 성공? 기억 안 남.

포크가 되는 실험을 시작했다는 게시글에는 사진과 함께 영상이 올라와 있었다. 형의 얼굴을 찍고 있던 핸드폰 카메라가 갑자기 흔들리더니 바닥에 떨어져 허공을 비추었다. 영상에는 무언가가 바닥에 떨어지는 소리가 담겼지만, 포크가 되어버린 형이 낸 소리인지, 핸드폰이 떨어지는 소리인지 확인할 길이 없었다.

―나는 포크가 두렵지 않다. 하나도 겁나지 않는다.

재이는 한참 아래, 엄마의 뒷모습을 찍어놓은 사진에 적힌 글을 오랫동안 읽고 또 읽었다.

―엄마처럼 순응하고 포크가 되기를 기다리며 살 것인가? 밖에서 포크로 변해버려 차바퀴에 밟히고, 학교에서 왕따를 당하고, 떠돌이 개한테 물려가고, 개미와 똥파리들에게 둘러싸이고, 빗물에 휩쓸려 하수구로 빠지거나 누군가 주워 펄펄 끓는 식기세척기에 집어넣는 것을 두려워하면서 계속 안전한 집에만 머물 것인가? 나는 이제 중학생인데, 영원히 엄마처럼 살 수는 없다. 그럼 어떻게 살 것인가? 시발. 어떻게 살아야 할까?

*

재이는 율리 아줌마와 개를 내려주고 간 차를 주차장에서 다시 만났다. 차는 제일 구석 자리 나무 아래 숨은 듯 주차되어 있었다. 여전히 흙먼지로 더러웠고, 앞유리만 와이퍼로 대충 닦아낸 듯 반원 모양 경계가 져 있었다. 재이는 선팅된 차창에 이마를 붙이고 안을 들여다보았다. 다 마신 캔커피와 구겨진 영수증 덩어리가 손님을 태울 때 대충 쓸어버린 것처럼 조수석 아래 바닥에 널브러져 지저분했다. 뒷좌석에는 개 사료와 장갑들이, 짐칸에는 펭귄 마크 장화와 등산화, 크기별로 묶은 지퍼백, 그리고 커다란 낫과 정글도 두 자루가 보였다. 낫과 칼은 이가 상한 듯 날이 거칠었다.

　차 주인으로 보이는 남자는 율리네 집 뒷마당에 서 있었다. 개가 잔뜩 흥분해 남자 곁을 뛰어다니고 있어서 남자는 재이가 다가가도 눈치채지 못하는 것 같았다. 남자의 손짓에 몸을 낮춘 개는 오랜 친구처럼 보이기도 하고, 복종하는 신하처럼 보이기도 했다. 남자가 다시 가볍게 손짓을 하고는 껑충 뛰어오르는 개를 온몸으로 끌어안았다. 율리는 주방 미닫이문 뒤에 붙어서서 튼실한 엉덩이 위로 씰룩거리는 개의 꼬리를 가만히 지켜보고 있었다. 아줌마가 율리의 팔을 끌어당겼다.

　인사해야지, 엄마 친구한테.

　남자는 멋쩍은 얼굴로 머리를 쓸어넘겼다. 눈썹 아래로 떨어지는 머리카락이 도수 높은 안경알을 살짝 가렸다. 차분한 외모와 달리 피부에는 긁힌 상처가 많았다. 재이는 남자의 워커 끝에 묻은 마른 흙을 내려다보았다. 마침 율리도 같은 곳을 훑어보다 재이와 눈이 마주쳤다.

　뭐하는 사람이에요?

　얘는. 엄마 친구라니까.

　남자가 아줌마의 대답에 말을 얹었다.

　아저씨는 동물 연구해.

　동물을 키우는 거예요?

키운다기보다는, 동물을 공부하는 학자라고 할까?

재이는 그제야 남자가 입은 베이지색 조끼가 눈에 들어왔다. 학자라는 소개에 걸맞게 펜과 수첩, 작은 손전등이 가슴팍 주머니에 꽂혀 있어 등산복과는 조금 달라 보였다. 율리가 고개를 끄덕이고 잽싸게 재이 옆으로 다가왔다. 순간 남자와 아줌마의 시선이 한곳으로 몰렸다가 약속이라도 한 듯 서로를 향해 고정되었다. 이 애는 누구야? 왜 여기 있어? 조용히 텔레파시가 오갈 때 침묵을 깨뜨린 사람은 또 율리였다.

언제 만난 친구예요? 어디서?

뭐가 그렇게 궁금해?

아줌마가 율리의 등을 집안으로 부드럽게 밀자 혼자 들어가기 싫다는 듯 율리가 재이의 옷깃을 잡아당겼다. 재이는 그대로 율리네 집으로 떠밀려 들어왔다. 문을 닫자 아줌마와 남자의 목소리가 뭉개져 들려왔다. 율리는 슬리퍼를 매트 위에다 벗어던지고 곧장 나무 계단으로 가더니 뒤를 돌았다.

혹시 다른 날 저 아저씨 본 적 있어?

평소보다 진지한 목소리가 난간을 타고 내려왔다. 재이가 고개를 젓자 율리가 말을 이었다.

월요일에도 왔었다? 내가 자려고 누웠을 때 차에서 데이트했어.

율리는 획 돌아 다시 계단을 올라갔다. 율리를 따라 이층에

도착한 재이는 벽 앞에 멈춰 서서 위를 올려다보았다. 집에서는 엄마가 위험하다고 막아놓은 계단 벽 위에 다락으로 올라가는 사다리가 연결되어 있었다. 둘은 차례로 사다리에 붙어 꼭대기까지 올라갔다. 천장에 달린 반듯한 정사각 문을 밀어 올리자 다락이 나왔고, 다락의 벽에는 이층 옥상 베란다로 이어지는 창문이 나 있었다.

창문을 열고 밖으로 나가자 시원한 바람이 완만한 자줏빛 지붕을 타고 올라왔다. 이층 옥상을 밟고 서니 타운하우스와 이웃한 그린벨트 숲이 방에서보다 더 잘 보였다. 초록에 점령 당한 숲에서도 어떤 곳은 좀더 짙고 어떤 곳은 연둣빛이 돌아 알록달록했다.

언제까지 해야 하는데?

발밑에서 율리 아줌마의 목소리가 들려왔다. 맥주 캔을 손에 들고 의자에 앉는 아줌마의 뒷모습이 파라솔 아래로 쏙 들어갔다.

앞으로는 내가 정해준 곳만 치워. 그쪽 위주로 돌 거니까……

남자의 말끝이 흐릿하게 흩어졌다. 뻥 뚫린 하늘로 바람을 타고 단어들이 드문드문 올라왔다. 건설사는, 일이 완료되면, 세 배, 아니, 다섯 배, 수달의 대변을, 가을 전에, 착수금, 맞은편 집 할머니들…… 남자와 아줌마의 대화에 귀를 기울이고 있는데 옆에서 갑자기 부산스러운 소리가 들렸다. 율리가 옥상에 굴러다니는 작은 돌멩이를 아래로 집어던지고 있었다. 자갈이 통통 튀어 파라솔 위로 떨어지자 남자가 그늘 밖으로 얼굴을 내밀고 지붕을 올려다보았다. 벌떡 일어선 아줌마가 마시던 맥주 캔을 위로 던졌다. 맥주 거품이 재이와 율리의 종아리에 튀었다. 아줌마가 의기양양해하며 웃자 율리도 허리를 젖히고 웃어댔다. 옥상 바닥에 엎드려 몸을 숨긴 뒤에도 얼마간 멈추지 않고 킥킥댔다.

그냥 친구는 아닌 듯?

불현듯 웃음을 멈추고 율리가 말했다. 담배에 불을 붙이려는지 남자가 얼굴이 닿을 듯 아줌마 곁으로 고개를 기울이고 있었다. 율리는 주머니에서 막대사탕을 꺼내 입에 물었다. 몇 번 빨아먹은 사탕을 돋보기처럼 눈에 대고 아래를 보더니 냉큼 재이의 얼굴 가까이 내밀었다.

너도 봐봐. 진실의 사탕으로.

재이는 한쪽 눈을 감고 반투명한 붉은 발바닥 모양 사탕을 바라보았다. 사탕 너머로 두 사람의 형체가 간신히 보였다. 실루엣은 엉뚱하게 뭉쳐져 하나로 보였다가 웃기게 꾸불거리기도 했다. 아줌마가 남자 쪽으로 의자를 당겨 앉자 파라솔이 두 사람의 모습을 완전히 가렸다.

어때 보여?

나야 모르지.

율리의 물음에 재이가 대답했다. 아줌마를 스쳐간 남자친구는 이번이 처음이 아니었다. 불안해한 적도 있었지만, 율리는 이제 보호자라도 된 듯 아줌마의 연애를 지켜봤다. 서너 명의 남자를 관찰하는 동안 누가 와도 아줌마의 제일 친한 친구 자리는 위협받지 않는다는 확신을 얻은 듯했다. 마지막에는 언제나 율리가 아줌마 옆에 남았다.

너희 아빠는 어디 있어?

재이가 손으로 턱을 받치고 물었다.

재혼해서 서울에 살아.

보고 싶지 않아?

매달 만나는데 뭐. 면접교섭권이라는 게 있어서 만나기 귀찮은 날에도 만나야 해.

재이는 매달 첫 일요일마다 마을 입구에 서 있던 흰 차를 떠올렸다. 큰길 버스정류장 앞에서 누군가를 기다리듯 서성이던 율리를 본 기억도 났다. 그런 날이면 율리는 늦게까지 집에 돌아오지 않았다.

너는 안 만나?

대답 대신 재이는 고개를 반대편으로 돌렸다. 모로 돌아누우려다 몸을 굴려 아예 하늘을 바라보고 누웠다. 맨살에 뜨뜻한 바닥의 감촉이 느껴졌다. 나지막이 흩어지는 남자의 목소리를 들으며 재이는 아빠를 생각했다. 엄마가 계속 포크가 되고, 형마저 포크로 변하기 시작하자 견디지 못하고 집을 나가 버린 사람. 주변에는 미국에 장기 출장을 간 것으로 알려진 사람.

아빠의 제일 좋은 점이 뭐야?

재이가 뒤늦게 입을 열었다.

음, 갖고 싶은 걸 잘 사줘.

또?

특별한 건 없는 것 같은데, 왜?

난 아빠에 대해선 잘 모르니까.

엄마한테 물어보면 되잖아.

모르겠어. 엄마한테 묻기는 좀 어려워.

왜?

이제 우리랑 상관없는 사람이잖아.

막상 기다리던 어른들이 집으로 들어오자, 재이와 율리는 주차장에 내려와 시간을 보냈다. 자판기에서 콜라를 뽑아 마시고, 평상에 앉아 나이든 할아버지들이 바둑 두는 모습을 구경했다. 두 할아버지가 바둑알을 내려놓으며 기뻐하고, 탄식하는 모습을 지켜보다가 평상에 떨어진 바둑알을 주워 튕기며 놀기도 했다. 할아버지들이 평상을 떠난 뒤에는 나무 아래 주차된 남자의 차 주변을 어슬렁거렸다. 남자가 버린 듯한 담배

꽁초가 산들바람에 바닥을 굴러다녔다. 재이는 율리의 스케이트보드를 빌려 서툰 자세로 엉거주춤 주차장을 돌았다. 목덜미에 땀방울이 흘렀지만, 얼굴에 부딪히는 바람이 땀을 식혀주었다. 주차장을 몇 바퀴 돌고 오자 율리가 다리를 쭉 뻗고 연석에 걸터앉아 있었다.

우리 아빠는 나쁜 사람이야.

재이가 다가가 혼잣말처럼 중얼거렸다.

그래서 나만 힘든 거야.

재이는 진심으로 아빠가 돌아와야 한다고 생각했다. 포크가 되지 않은 사람끼리 힘을 합쳐 엄마와 형을 도와야 한다고. 재이는 율리의 정수리를 내려다보면서 툭 뱉듯 말했다.

괜찮아. 아직은 시간이 있으니까.

엄마를 생각했다. 늘 집에 있는 엄마.

너도 알지? 나중에 나도 포크로 변할 수 있는 거.

재이는 율리와 몇 걸음 떨어져서 연석에 쪼그리고 앉았다. 굳게 닫힌 율리의 입을 바라보면서 가만히 대답을 기다렸다. 율리의 동그란 입술이 옆에서는 가느다랗게 보였다.

왜 하필 포크인데?

율리가 물었다.

다른 걸로는 못 변해?

덤덤한 말투에 재이는 말문이 막혔다. 재이가 아무런 말도 하지 못하는 사이 둘 사이의 공간이 좁아지는 기분이 들더니, 어느 순간 율리가 옆으로 다가왔다. 운동화 옆면이 서로 닿을 정도로 가까웠다. 율리는 자기 엄마가 하듯이 두 손을 재이의 양뺨에 갖다댔다. 손에서 옥상의 흙먼지 냄새가 났다.

안아줄까?

율리가 물었다. 둘의 눈이 마주쳤고, 재이는 옆으로 고개를 피했다. 싫어서 그런 건 아니었다. 그저 뺨에서 열이 나는 느낌이 익숙하지 않아서였다. 율리는 스케이트보드를 들고 일어나 보드에 등을 붙이더니 마치 배영을 하듯 아스팔트 바닥을 쓸고 다녔다. 두 사람은 그렇게 잠시 서로 떨어진 채 이제 무얼 하며 놀지 고민했다. 재이는 왠지 마음이 한결 홀가분했다. 자신의 말을 아무렇지 않게 들어준 율리의 마음을 생각하며 볼에 묻은 먼지를 조용히 닦았다.

엄마가 그러는데, 아줌마가 너를 많이 사랑한대.

율리가 보드에 누운 채로 고개를 들고 말했다.

나도 알아.

재이는 대답과 동시에 자리에서 일어났다. 그리고 곧장 달리기 시작했다.

어디 가?

숲에 갈래.

재이는 땅만 보며 주차장을 내달렸다. 율리의 발소리가 재이를 뒤따랐다.

  두 사람은 쉬지 않고 달렸다. 가파른 경사와 구덩이를 지나고, 풀과 나무뿌리를 마구 밟으며 뛰어갔다. 풀이 웃자라 좁다래진 숲길을 빠져나오자 햇빛이 일렁이는 눈부신 물비늘이 모습을 드러냈다. 비스듬하게 뻗은 사초과 식물들이 울타리처럼 물을 절반쯤 가리고 있었다. 젖은 땅을 달리다보니 재이의 운동화는 진흙으로 물들었고, 양말은 벌써 발목까지 축축했다. 한낮의 태양이 땀구멍을 열어 온몸이 따끔거렸다. 살갗에 달라붙는 넙적한 이파리들마저 뜨거운 숨을 내쉬는 것 같았지만 물은 혼자서 편안한 낮잠에 빠져 있는 것처럼 고요했다.

  재이는 버드나무 옆에다 운동화와 양말을 벗어던지고 맨발로 진흙밭을 푹푹 파고들었다. 엄마 없이 들어가면 안 된다는 율리의 목소리를 외면한 채 수심이 적당해 보이는 곳을 찾아다녔다. 그리고 어느 지점에 이르러 손가락으로 코를 막고 다이빙하듯 풍덩 몸을 날렸다. 수면에서 한들거리던 햇살이 물거품이 되어 산산조각났다. 재이는 얕은 물 위로 몸을 일으켜 세우고 서서 물가에 퍼진 나무 냄새를 힘껏 들이마셨다. 나무 수액을 삼킨 어둑한 물에서는 기분좋은 비린내가 났다. 몸을 움직일 때마다 작은 물거품들이 투명한 청록색으로 빛났다.

\*

네가 그랬어?

현관을 나서던 엄마가 물었다.

뭘요?

포크 말이야. 지난번에 가져온 그 포크를 일부러 식탁 의자에 둔 거냐고.

그건 엄마가 찾은 거잖아요. 형이라면서요.

형이 아닌 것 같아서 그래.

왜요?

그냥 왠지 느낌이 그래. 애가 이렇게 오래 돌아오지 않은 적이 없었는데.

형이 돌아오지 않은 지 나흘째가 되자 엄마는 안절부절못했다. 종일 포크를 관찰하고, 이미 찾아본 곳을 계속 다시 뒤지더니 이제는 형을 찾아 밖으로 나설 기세였다. 엄마는 현관 앞 데크와 아스팔트의 경계에 보이지 않는 벽이라도 있는 듯 망설이다가 신중하게 타운하우스 안길 도로에 발을 디뎠다.

뭐야? 지금 밖에 나가는 거야?

거실 창을 열고 율리 아줌마가 머리를 내밀었다. 아줌마는 금세 문을 열고 뛰쳐나왔다.

어디 가는데? 이게 웬일이야?

대답이 없는 엄마를 대신해 재이가 말했다.

형을 찾으러요.

집에 없어? 어련히 들어오겠지. 질풍노도 뭐 그럴 때잖아.

그런 문제가 아니잖아.

그러니까 중학생 남자애를 집에만 가두면 돼? 반항 호르몬이 거의 야수같이 나올 텐데.

엄마의 시선은 벌써 도로 위를 달리듯 훑고 있었다.

뭘 어떻게 하려는 건데? 포크를 찾으러 가려고?

차에 밟혀 휘어지기라도 하면 안 되잖아.

오케이, 이쪽 도로는 내가 볼게.

아줌마가 말했다.

그냥 재이 보내서 나한테 도와달라고 하지, 자존심은.

아줌마는 엄마를 뒤로하고 도로를 걷기 시작했다. 도로 가장자리를 적당히 두리번거리던 아줌마의 뒷모습이 천천히 멀어졌다.

엄마.

재이는 엄마를 불렀다.

모양이 달라서 그래요? 왜 형이 아니라고 생각해요?

몰라. 그냥 엄마 예감이 그래. 엄마잖아.

집 뒤쪽은 내가 가볼게요.

네가?

엄마가 재이의 머리를 쓰다듬었다.

엄마는 가본 적도 없잖아요. 내가 잘 알아요.

재이는 엄마를 남겨두고 아줌마와 반대 방향으로 향했다. 얼마 안 가 뒤를 돌아보았을 때 엄마는 바닥에 쪼그려앉아 있었다. 오리처럼 앉아 몇 걸음을 옮겨간 엄마는 경계석 아래를 더듬거렸다. 손가락 끝으로 아스팔트 바닥을 쓸고 문지르더니 부지런히 자리를 옮기며 나무 그늘 주위를, 맞은편 집에서 내놓은 화분과 유아차 주변을 꼼꼼히 살폈다.

재이는 펜스를 넘어 오솔길을 걸어가면서 엄마가 없는 빈집을 떠올렸다. 돌아갔을 때 엄마가 없으면 어디로 가야 할까? 집에서 엄마를 기다릴까, 아니면 엄마를 찾아 나설까? 엄마가 길에서 포크가 되어 돌아오지 못하면 어떡하지? 나 혼자 살 수 있을까? 형도 없이? 그런 생각을 하면서 서둘러 발걸음을 옮기는데 할머니들 밭의 빼곡한 줄기와 이파리 아래로 작은 쇠붙이 하나가 반짝 시선을 잡아끌었다.

작물들을 헤치며 달려갔으나 쇠붙이는 포크가 아니라 손잡이가 빠진 호미였다. 근처 묵밭에서도 날카로운 뭔가를 발견하고 혹시나 싶어 집어들었지만 그것 역시 이가 부러진 낫이었다. 재이는 녹슨 농기구를 내려놓고 다양한 모양의 포크를 떠올려보았다. 급식실 포크, 떡볶이집 포크, 빵집 포크, 햄버거가게 포크, 율리네 집 포크…… 엄마와 형은 늘 같은 모양으로 변했었나? 매번 조금씩 달라졌던 걸까? 그러다 전에 숲에서 만난 애들이 들고 있던 막대기가 떠올랐는데, 특히 여자애가 쥐고 있던 자그마한 쇠막대가 혹시 포크가 아니었나 싶은 생각이 재이를 사로잡기 시작했다. 재이는 어느덧 산기슭으로 이어지는 구불구불한 오솔길 위를 걷고 있었다.

산에서 내려온 큰 물줄기가 재이 앞에서 둘로 갈라졌다. 재이는 지난번처럼 한쪽 물길을 따라 산을 올랐다. 아이들이 놀던 경사지에 가볼 생각이었으나 복사라도 한 듯 똑같은 나무들에 둘러싸이는 바람에 길을 찾을 수가 없었다. 돌로 나무줄기에 표시를 해보았지만 걸어도 걸어도 비슷한 나무들만 눈앞에 나타났다.

자연이 만든 미로를 헤매며 산을 오르내리고 빙글빙글 돌아 겨우 고개를 넘어서니 마침내 수풀 사이로 실개울이 나타났다. 산과 들에 흔한 물줄기였는데, 새하얀 바위 위를 흐르고 있어 유독 차갑고 연약해 보였다. 물은 바위 절벽 위 잔물결 이는 못에서부터 천천히 흘러내려오고 있었다. 지하 샘물이 고인 듯한 못은 표면이 수초에 가려진데다 흰 바위와 나무들로 둘러싸여 있어 아늑하고 어딘가 신성하게 여겨지기까지 했다. 호수처럼 커다란 못이었지만 통하는 길은 재이가 지나온 고갯길이 유일한 듯했다.

누구야?

어디선가 여자의 목소리가 들렸다. 나무 분지를 울리는 소리를 찾아 두리번거리는데 비탈에서 밀짚모자를 쓴 여자가 내려왔다. 모자챙에 가려져 얼굴은 잘 보이지 않았으나 볕에 그을린 팔뚝과 보폭이 큰 걸음이 엄마 또래의 어른처럼 보였다. 여자는 가슴 주머니에 연필과 손전등이 꽂힌 베이지색 조끼를 입고 있었다. 재이는 낯익은 그 모습을 보고 여자가 율리 아줌마의 친구처럼 동물을 공부하는 학자이겠거니 짐작했다. 학자는 직접 캔 듯한 열무가 든 바구니를 바닥에 내려놓고 바지에 묻은 흙을 털었다.

여기는 어떻게 왔어?

학자가 밭을 지키고 선 이웃집 할머니들처럼 다그치는 바람에 재이는 포크 얘기를 꺼내지 못하고 우물쭈물하다가 그대로 자리에 주저앉았다. 여자가 몇 걸음 다가오자 수면에 그림자가 겹쳐 초록빛이 더욱 짙어졌다.

겁도 없는 애네. 물가에 혼자 오고.

물은 우리 동네에도 있는데요.

재이는 눈치를 살피고 말을 이었다.

이제는 안 무서워요. 요즘 거기서 수달을 찾거든요.

찾을 수 없을걸.

왜요?

사람들이 찾는 걸 알면 숨거든.

우리 동네 냇가에 똥을 누는데요?

그건 곤란하네.

수달을 연구하세요?

여자는 긍정도 부정도 하지 않고 앞장서 걸었다. 이끼로 미끌거리는 돌 위를 걷는 걸음이 잔디밭을 걷듯 자연스럽고 빨랐다. 수달이라도 보여주려나 싶어 여자를 쫓아가자 뜻밖에도 나무 그늘 뒤로 잘 닦인 산책길이 나왔다. 길은 넓고 평평한 땅으로 연결되었다. 험준한 바위 아래로 재이가 찾던 회색빛 쌍둥이 나무가 자라고 있었고, 그 아래 자그마한 집이 있었다. 한 칸짜리 조립식 컨테이너 농막이었지만, 빗물에 녹슨 외벽을 나뭇가지와 풀로 덮어놓아 멀리서는 마치 움집처럼 보였다. 호수 같던 못이 컨테이너 앞에서는 얕은 물웅덩이로 보였다.

여기 사세요?

음.

여자는 대답인지 아닌지 애매한 소리만 내고는 굳게 닫힌 컨테이너 문을 잡아당겼다. 녹슨 문이 열리는 동시에 작은 눈동자 네 개가 재이를 바라보았다. 전에 숲에서 칼싸움을 하고 놀다 사라진 애들이었다. 라디오에서는 뉴스가 흘러나왔다. 주말까지 무더위가 이어진다는 날씨 예보였다.

재이는 범죄자가 살지도 모른다던 율리의 말을 떠올리면서 컨테이너 구석구석으로 눈동자를 굴렸다. 벽에 걸린 농기구와 선 캡, 책장의 책과 파일들을 훑는데 애들이 들고 있는 물건이 눈에 들어왔다. 남자애가 스테인리스 포크로 감자를 찌르고 있었다.

그만 나오지?

여자가 허공에 대고 말했다.

네 동생 맞아?

말이 끝나기 무섭게 작은 책장 뒤에서 형이 얼굴을 내밀었다.

형이 왜 여기 있어?

시큰둥한 형과 다시 감자에 열중한 애들 대신 그곳의 유일한 어른인 여자가 대답했다.

내가 저 아래에서 줍긴 했는데.

숲에서 포크가 되었던 거야? 집에 있는 포크는? 그건 뭔데?

형이 입을 열었다.

페이크지, 새끼야. 외출용 포크라고나 할까?

재이는 물가에서 포크가 된 채로 낯선 손길에 구조되는 형의 모습을 상상했다. 여자가 유리병에 든 물을 한 컵 가득 따라주었다. 모르는 사람이 주는 음식을 받아먹으면 안 된다는 걸 알았지만, 산길을 오르내리느라 목이 너무 탄 나머지 참지 못하고 물을 몇 모금 들이켰다. 물을 마시면서도 재이는 형에게서 눈을 떼지 않았다. 구석구석 멀쩡한 형의 모습을 모두 확인한 뒤에야 경계심이 조금씩 가시기 시작했다.

마음을 좀 놓고 나서 둘러보니 컨테이너 집은 생각보다 널찍했다. 땅을 파고 벽을 올린 덕에 밖에서 보는 것보다 천장이 높았고 언제 떠나도 이상하지 않을 만큼 살림살이가 적어 여유 공간이 많았다. 뒷마당으로 사용하는 숲 나뭇가지에는 식재료들이 널려 있었다. 여자를 따라 밖으로 나서자 탐스러운 으름 열매가 열린 나무 아래로 산바람에 말려놓은 이름 모를 채소들이 눈에 들어왔다.

전에도 나를 봤지?

아뇨?

거짓말은 아니었지만 왠지 거짓말을 한 것 같아서 재이는 우물쭈물 열 손가락을 꼬물거렸다.

저는 그냥 형을 찾으러 온 거예요.

나무 틈으로 거센 바람이 불어와 못이 한 차례 출렁였고 짙은 물비린내가 풍겼다. 짐승의 냄새일까? 물비린내에 섞인 노릿한 냄새에 재이의 입에서 대뜸 이런 말이 튀어나왔다.

여기도 수달이 사나요? 수달을 잘 아시죠?

다른 사람만큼은 알지.

재이의 귀에는 왠지 그 말이 수달을 연구하고 있지, 라는 뜻으로 들렸다. 어떤 말을 더 물어야 좋을지 고민하는 차에 형이 재이를 불렀다.

가자. 이제.

벌써?

너까지 오래 나와 있으면 엄마가 찾을 거 아냐.

형은 재이가 오면 돌아가기로 약속이라도 한 듯 잠시 여자와 눈길을 주고받고는 산길을 내려가기 시작했다. 재이도 고개를 숙이는 둥 마는 둥 서둘러 인사하고 형의 뒤꽁무니를 따랐다. 나무줄기를 탁탁 치면서 비탈을 내려가다가 돌아보니 컨테이너 집은 나무숲 안에 잘 은폐되어 있었다. 못과 사람의 기척도 풀과 나무에 가려져 마술처럼 자취를 감췄다.

야, 우리 입맞추고 들어가자.

산기슭에서 형이 말했다.

입을? 갑자기 왜?

재이가 물었다.

미친 건가? 말을 맞추자고! 네가 먼저 들어가.

형은?

엄마 시선 좀 끌고 있어. 난 몰래 들어가서 막 깨어난 체할 테니까.

재이가 비밀스러운 일을 모의하듯 자리에 멈춰 서서 소리를 낮추었다.

어쩌다 여기서 포크가 됐는지 말해주면 시키는 대로 할게.

네가 알면 어쩌게?

형은 포크가 되는 이유가 있다고 믿는 거지? 엄마는 그냥 아무때나 되는 거라고 했는데.

형은 재이의 말을 무시하고 산길을 흘깃 돌아보더니 중얼거렸다.

아, 뭐지, 설마 들개들 때문인가.

개한테 쫓기다 포크가 된 거야? 응?

아, 진짜 짜증나네.

형은 그렇게 중얼거리곤 포크로 변한 자리를 찾듯 주변 개울을 눈으로 훑었다. 그러다 경고하는 투로 쏘아붙였다.

너 가서 잘해라. 말조심하고.

\*

형이 말짱하게 돌아온 것을 확인하자 엄마는 주방 조명을 환하게 밝혔다. 가스레인지 위에 팬을 올리고 채소를 썰어 넣고 고형 카레와 케첩을 끓이는 모든 과정이 순식간에 이루어졌다. 달걀을 푼 용기를 전자레인지에 넣는 엄마 옆에서 재이는 팬에 올린 채소들이 타지 않게 뒤적거렸다. 전에 재이를 달래기 위해 부쳐준 새우전처럼, 오늘 엄마가 준비한 메뉴는 형이 제일 좋아하는 삿포로식 수프카레였다.

주방으로 내려온 형은 평소와 다름없이 행동했다. 속임수로

'가짜' 포크를 집에 놔두고 밖으로 나갔다가 포크가 된 사람으로는 보이지 않았다. 얌전히 집안에만 누워 있었던 사람처럼 희멀건 형의 얼굴이 천장의 할로겐 불빛에 번들거렸다.

좀 어떠니?

엄마가 닭고기 살을 발라 형의 그릇에 얹었다.

뭐, 똑같지.

이번에는 너무 오래 걸렸잖아. 난 네 나이 때 그러지 않았는데.

나도 몰라.

그래. 이따 더 얘기해.

엄마의 말에 형이 퉁명스럽게 수저를 움직였다. 재이는 두 사람의 얼굴을 차례로 보다가 전자레인지 안에 든 계란찜을 기억해냈다. 형의 표정을 살피느라 정신이 없는 엄마 대신 두 손에 장갑을 끼고 계란찜을 꺼낸 뒤에 떠먹기 좋게 새 숟가락을 형 앞에다 놓았다. 형에게 이만큼 다정하게 굴어본 건 오랜만이었다. 엄마가 손을 뻗어 쓰다듬어주었지만, 재이는 생색을 낼 생각은 없었다. 칭찬을 바라고 한 행동처럼 보이고 싶지 않았다. 재이의 손을 어루만지면서도 엄마의 눈은 오로지 형만을 바라보고 있었다. 재이는 식탁에 바짝 붙어앉은 엄마가 형의 머리카락을 넘겨주는 모습을 지켜보았다. 밥을 먹는 내내 엄마의 눈길은 재이에게 돌아오지 않았다.

들어간다?

침대에 앉아 있는데 문밖에서 엄마의 목소리가 들렸다. 미처 대답할 틈도 없이 문이 열렸고 사과 접시를 든 엄마가 방으로 들어왔다. 재이는 창가로 엉덩이를 조금 움직였다. 이불을 손에 말아 쥐고 엄마의 말을 기다렸다.

밥을 왜 그렇게 많이 남겼어?

걱정스러운 투로 엄마가 물었다.

무슨 생각 해?

아무 생각도 안 하는데요.

요즘 바깥에서 노는 건 어때? 율리랑 뭐하면서 노는지 들려줄래?

별거 없어요.

그렇게 말하고 재이는 엄마를 슬쩍 곁눈질했다. 책상에 사과 접시를 올려놓고 다가와 앉는 엄마의 눈길이 너무 다정해 피하기 미안했다.

왜 포크 얘기는 둘이서만 해요?

그게 서운했어?

재이는 고개를 떨어뜨렸다.

엄마는 그냥 네가 속 편하게 자랐으면 해서. 밖에도 마음껏 돌아다니고, 친구들도 사귀고. 그건 어차피 나중에 겪을 일이잖아……

 제 생각에는 우리 가족만 포크가 돼서 문제인 것 같아요. 남들도 다 포크가 되면 아무런 문제가 없었을 텐데.

 그렇게 다르지 않았을지도 몰라.

 완전히 달랐을걸요.

 그랬으려나?

 엄마의 건조한 숨이 기다랗게 이어졌다.

 엄마랑 형이 너무 오래 돌아오지 않으면요. 밥을 차려 먹고, 학교에 가고, 병원에 가는 일을 나 혼자 다 해야 하죠?

 그렇게 할 수 있겠니?

 엄마가 물었다.

 할 수 있지? 우리 아들.

 요리는 그만 배울래요. 이제 잘하니까. 독서 노트도 그만 쓰고 싶어요. 형은 안 하는 걸 왜 나만 해야 해요?

 형도 너 나이 때 다 했어, 재이야.

 그래도……

 자세를 고쳐 앉고 재이가 말했다.

 꼭 돌아올 거라고 말해주세요.

 그럴 거야. 재이가 여기 있으니까.

 엄마가 자기 눈썹에 손을 얹고 지그시 눌렀다. 그러곤 천천히 돌돌 말려 있는 이불을 정리하기 시작했다. 얇은 이불이 재이의 발을 스치고 침대 가장자리에 가지런히 놓였다.

할머니도 엄마처럼 늘 이런 셔츠에 베이지색 바지를 입었던 거 알아?

재이는 까만 셔츠를 힐긋 쳐다봤다. 엄마가 이어서 말했다.

할머니는 복숭아를 끓여서 직접 잼을 만들었어. 엄마가 어릴 때는 복숭아잼을 파는 데가 없었거든. 대부분 딸기잼이나, 기껏해야 사과잼뿐이었지. 엄마가 학교 갔다 와서 간식을 찾으면 할머니가 식은 빵을 팬에 노릇하게 구워서 복숭아잼을 발라주셨어. 엄마는 할머니 옆에서 냄비에 흰 우유를 담아 데우고, 우유에 뜬 막을 걷어내고…… 재이야, 영원히 사라지지 않는 건 그런 것들이야. 사람이나 물건이 아니라, 이름을 부르는 목소리나 복숭아를 졸일 때 나는 달콤한 냄새 같은 것들…… 무슨 말인지 알겠니?

엄마가 손으로 침대보를 쓸었다.

할머니는 밤이면 온갖 지혜가 담긴 책들을 읽어주셨어. 엄마가 4학년이 될 때까지. 어려운 책들도 많아서 그게 참 싫었는데. 그때는 할머니가 왜 그러는지 이해가 안 됐어.

할머니도 엄마를 가르친 거죠? 돌아오지 못할까봐.

재이는 벽에 기대 다리를 뻗고 앉아서 엄마의 옆얼굴을 바라보았다.

엄마는 포크가 되는 것보다 더 무서운 게 있어. 그게 뭔지 아니?

뭔데요?

재이가 행복하지 않은 거.

저요?

그래. 네가 행복하지 않다면 차라리 평생 포크로 사는 게 나을 거야.

엄마가 그렇게 속삭이고는 재이의 어깨를 꼭 잡았다. 재이는 엄마를 향해 자세를 고쳐 앉았다. 두 무릎을 감싸고 발가락을 꼼지락거리는데, 팔꿈치에 아직 아물지 않은 상처가 보였다. 아줌마가 붙여준 반창고는 떨어진 지 오래였지만 검정 딱지 다섯 줄이 기다랗게 남아 있었다. 재이는 아줌마보다 엄마가 먼저 상처를 알아채고, 어쩌다 그랬는지 물어봐주고, 아줌마처럼 입김을 불어주면 좋겠다고 생각했다. 내가 포크가 되지 않더라도, 식탁에서 형을 살필 때처럼 나를 봐준다면 정말 행복할 텐데.

엄마, 나 졸려요.

재이는 이불 위로 쓰러지듯 누워 말했다. 엄마는 다시 눈썹에 손을 얹고 깊은숨을 내쉬었다. 그 모습을 보던 재이는 눈을 꾹 감고는 벽을 보고 돌아누웠다. 불을 끄고 나가는지 엄마의 발소리가 점점 멀어졌다.

재이는 침대와 벽 사이에 손을 넣고 더듬거렸다. 좁은 틈에 재이의 비밀 노트가 끼워져 있었다. 가장 최근에 쓴 페이지에는 형의 인스타그램을 보고 따라 적은 문장들이 빼곡했다. 엄마처럼 포크가 되기만을 기다리며 살 것인가. 차바퀴와 왕따와 떠돌이 개와 벌레들과 식기세척기의 펄펄 끓는 물을 두려워하면서 집에만 머물 것인가.

재이는 책상 조명을 켜고 새 페이지를 넘겼다. 침대 머리에 엎드려서 연필을 만지작거렸다.

엄마는 정말 다 포기했나봐.

첫 문장을 써놓고 재이는 잠시 고민에 빠졌다.

나는 엄마도 형도 싫다. 엄마처럼 그냥 포기하는 것도 싫고, 형처럼 불안해하면서 싸우듯이 사는 것도 싫다. 나는 어떡하면 좋지?

마지막에는 이런 문장을 적었다.

둘 다 포크가 되어 돌아오지 못하면 이 집에 있을 이유가 있을까?

재이는 핸드폰 알람을 설정하고 베개를 안은 채 얼마나 더 기다리면 밤이 깊어질지 생각했다. 가로등 저편의 하늘은 이미 텅 빈 검은빛이었다.


물은 오리나무가 높이 자란 모래섬을 빠르게 지나갔다. 모래섬의 경사면과 부딪친 물거품이 파도처럼 하얗게 흘러내렸다. 물줄기는 낮보다 밤에 힘차게 움직였다. 사람의 발소리는 물론이고 개구리와 풀벌레의 울음소리마저 거센 물소리에 옅어졌다.

재이는 오늘도 무사히 집을 빠져나왔다는 생각에 조금 들떠 있었다. 갈대숲의 사잇길을 걷는데 율리가 손전등을 턱 아래 비추고 장난을 걸었다. 픽 웃음이 새어나왔고, 둘의 웃음소리에 냇가에 잠들어 있던 제비 무리가 나무 사이로 날아올랐다. 제비가 물가에 나타난 침입자를 알리듯 지저귀자 또다른 새 무리가 보금자리를 박차고 날개를 퍼덕였다. 바람을 타고 날아오른 새들은 재이 일행의 머리 근처까지 내려왔다가 날아오르기를 반복했다. 새들이 만든 비스듬한 타원이 재이 일행을 한동안 뒤따라왔다.

물살은 넓은 땅으로 내려갈수록 부드러워졌다. 아줌마는 개가 가리키는 곳에 멈춰 서서 젖은 헝겊으로 바삐 바위를 닦아냈다. 양동이를 탁 내려놓는 소리가 퍼지면 날벌레들이 똥 비린내를 따라 주변으로 날아들었다.

그거 재미있어요?

재이는 강아지처럼 율리 아줌마 뒤를 따라다녔다. 손전등으로 개와 아줌마를 비추어 바닥에 기다란 그림자를 만들었다. 뒤에서 빛을 비추는 율리 덕분에 재이를 포함한 그림자들은 완벽한 하나의 팀으로 보였다. 소속감을 느낄 때면 재이는 평소보다 조금 더 수다스러워졌다.

아줌마, 수달이 하천 최강의 포식자라는 거 아세요? 얼굴은 귀여운데, 못 잡아먹는 게 없대요. 혹시 마음먹으면 우리를 해칠 수도 있을까요? 열심히 영역 표시한 걸 우리가 지우고 있잖아요.

너도 해보고 싶어?

역시! 아줌마는 말이 잘 통했다. 재이는 눈을 크게 뜨고 아줌마 옆으로 다가갔다. 앞서 걷는 개의 걸음걸이에 따라 땅바닥의 강도가 짐작되었다. 흙과 바위, 젖은 땅과 단단한 땅. 개는 대수롭지 않게 수렁 위를 걷다가 커다란 참나무 아래에서 큰 소리로 짖어 앞에 목표물이 있음을 알렸다. 벌름거리는 코가 넓고 움푹한 바위 표면을 가리키고 있었다.

손전등 불빛 아래 진흙처럼 달라붙은 잔해가 드러났다. 재이는 나뭇가지를 집어 생선 가시가 박힌 똥덩어리를 뒤적였다. 풀냄새 사이로 묵직한 생선 비린내가 올라왔다.

수달 똥 맞네.

아줌마가 다가와 말했다. 냄새는 생각보다 불쾌하지 않았다. 물가와 어울리는 축축한 냄새였다.

아줌마가 버릴 테니까 닦아봐.

고무장갑 낀 손으로 똥을 쓸어서 버리는 아줌마 뒤에서 재이는 양동이에 손을 집어넣었다. 사각 수세미가 손에 잡히지 않고 자꾸 미끄러져 빠져나갔다. 수세미에 밴 미묘한 냄새가 오히려 수달이 바위에 푸짐하게 남기고 간 냄새보다 역했다. 연하게 세제를 푼 물에서는 음식물 찌꺼기처럼 시큼한 냄새가 났다. 재이는 숨을 참고 바위 표면을 닦았다. 까끌까끌한 수세미 면으로 생선 비늘을 떼어내자 울퉁불퉁한 바위에는 손전등 불빛을 받아 반짝이는 작은 거품들만 남았다.

재이는 양동이를 다시 아줌마에게 넘기고 물가를 걸었다. 선선한 밤바람이 불자 물에 젖은 팔다리에 살짝 한기가 들었다. 그때 물속에서 작은 거품이 하나 떠올라 재빨리 떠내려갔다. 바위에 부딪혀 생겨나는 물방울과는 속도가 달랐다. 거품은 제자리에 머물다가 톡 터지며 홀연히 사라졌다. 손전등을 비추자 배스가 꼬리를 저어 헤엄치는 게 보였다. 불빛 때문인지 배스는 잽싸게 부들 사이로 들어갔고, 다시 한번 공기 방울이 우르르 올라와 물위를 떠내려갔다.

재이는 징검다리 근처에서 또다른 공기 방울을 발견했다. 이번에는 바로 불빛을 대지 않고 멀리서 주변을 밝혀보기로 했다. 나무가 뿌리를 내리듯 가만히 서서 기다리자 마침내 공기 방울이 한번 더 떠올랐다. 검고 동그란 형체가 숨을 쉬듯 물위로 모습을 드러내곤 순식간에 가라앉았다. 수달이었을까? 재이는 눈을 빛냈다.

물푸레나무 한 그루가 뿌리를 드러내고 선 경사면 아래에서 또 한번 공기 방울이 떠올랐다 사라졌다. 재이는 신중한 손놀림으로 진흙더미를 향해 손전등을 비췄고 마침내 뿌리 아래에서, 정확히는 잡풀 더미에 슬며시 가려진 땅에서 동그랗고 작은 구멍을 찾아냈다. 길쭉한 형체가 구멍 안으로 쏙 들어가고 있었다. 길고 납작한 녀석이었는데 털은 짧았고 꼬리가 길었다. 재이는 손가락을 구멍 근처 물속으로 집어넣어보았다. 미끈하고 뾰죽한 것이 잡혀 건져올려보니 내장이 뜯긴 생선의 사체와 부패한 수초가 뒤엉킨 덩어리였다. 덩어리를 버리고 물에 손을 헹구었다. 그 순간 부드러우면서 날카로운 무언가가 재이의 손등을 긁고 툭 밀어냈다.

수달일까? 재이의 입이 헤벌어졌다. 혼자 힘으로 수달의 안식처를 찾아냈다는 기쁨에 한기는 사라지고 살에 닿는 물살이 탄산 거품처럼 시원하게 느껴졌다. 재이는 다른 사람이 보지 못하게 재빨리 나무뿌리를 가리고 한곳만을 바라보았다. 아줌마가 영역 표시를 지우느라 정신을 쏟는 동안 재이는 수달이 다시 나오기만을 기다렸다. 아줌마를 비추던 율리의 손전등 빛이 문득 방향을 바꾸는가 싶더니 재이를 향해 다가왔다. 마음이 급해진 재이는 다시 물 깊숙이 손을 집어넣었다. 막다른 곳까지 팔을 넣고 휘저었으나 손에 닿는 것은 돌과 진흙 한 움큼이 전부였다.

개가 멀리서 달려오고 있었다. 재이는 아무 일도 없었다는

각자의 정원

듯 갈대밭을 향해 돌다리를 건넜다. 물을 걷어차 물보라를 일으키자 개의 신경이 사방팔방 흩어지는 물방울에 쏠렸다. 껑충껑충 재이 옆을 뛰어다니는 개를 향해 율리가 손전등을 흔들었다. 물푸레나무 줄기를 스쳐간 불빛은 수면 위로 다시 하얀 반점을 어지럽게 찍었다.

3부

못

다음날 재이는 비밀을 안고 산으로 달려갔다. 숲속의 집을 찾아가는 길은 나무가 우거져 대낮에도 해가 잘 들지 않았다. 하지만 어느 순간 전구를 켠 방처럼 환하게 햇살이 드는 땅이 나왔고, 드문드문 줄기가 벗겨진 나무숲 뒤편으로 마침내 컨테이너 농막이 은밀한 모습을 드러냈다. 그 집을 찾아가는 길 위에서 재이는 허름한 컨테이너들을 몇 개 더 만났다. 오래전 버려진 것으로 보이는 흉물들은 군데군데 보이는 외벽이 모두 검푸르게 녹슬고 창유리가 깨진 채로 풀과 이끼에 거의 잡아먹힌 상태였다. 규칙 없이 멀찌감치 떨어진 두세 개의 컨테이너들 한가운데 못이 있었다. 마치 산속 샘물을 찾아 모여든 동물들처럼 못으로 향하는 비밀스러운 길을 터놓고 살아온 사람들의 흔적이 산비탈에 솟은 바위에 올라선 뒤에야 비로소 한눈에 들어왔다.

못은 햇살을 받아 청록빛을 발산하고 있었다. 산바람에 물이 부드럽게 너울거렸다. 컨테이너 주변을 둘러보았으나 재이가 찾는 여자는 보이지 않았고 대신 몇 마리 오리가 풀숲을 건너 몰려왔다. 못의 경비병 같은 오리들은 마치 물과 먼 쪽으로 재이를 조금씩 밀어내려는 듯 선 채로 푸드덕 날갯짓하며 다가왔다.

재이는 핸드폰 카메라를 켜서 동영상을 촬영했다. 못으로 들어가는 오리들과 멀리 울타리처럼 못을 감싸고 솟은 나무줄기를 찍은 다음에는 뒤로 돌아 컨테이너 농막을 화면에 담았다. 집에 돌아가면 율리에게 보여줄 생각이었다. 핸드폰을 턱밑에 대고 컨테이너 쪽에 다가가 나뭇가지로 얼기설기 가려진 외벽과 녹슨 문손잡이, 흙먼지로 흐릿한 창 안을 차례로 비추었다. 창 너머 벽걸이 장에 걸린 농기구와 판초를 확대해 찍으면서는 작은 목소리로 중얼거렸다.

내가 사람이 산다고 했지? 근데 집주인은 어디 있지? 수달을 찾으러 갔나?

재이는 뒷마당에 널린 채소와 수건을 촬영하면서 샛길을 올라갔다. 재이가 고개를 숙여 쌍둥이 나무의 벌어진 밑동을 찍고 있을 때 인기척이 들려왔다. 샛길도 내지 않은 개울가에 다리를 벌리고 선 여자가 수초로 덮인 자갈밭 위에서 아래를 내려다보고 있었다.

저기요.

재이는 호칭을 어떻게 해야 할지 몰라 애매한 말로 여자를 불렀다.

쉿.

여자가 손가락을 입가로 가져갔고, 재이는 발소리를 죽인 채 살금살금 실개울로 다가갔다. 슬쩍 건너다본 여자의 두 다리 아래로 물줄기에 반쯤 잠긴 작은 새의 목덜미가 보였다. 힘겹게 눈을 껌뻑이는 새를 좀더 가까이서 바라보니 작은 진드기 같은 것들이 눈알 옆을 파고들고 있었다. 붉은 눈자위와 찐득한 눈곱, 파르르 떨리는 날개까지 생명이 꺼져가는 모습이었다.

아파요?

여자는 전문가다운 손길로 조심스럽게 새를 집어들었다. 작은 새는 여자의 품에서 한번 뻑 소리를 내고는 곧 잠이 들 것처럼 눈을 게슴츠레하게 떴다. 여자는 기다란 손가락으로 부리와 숨구멍을 빈틈없이 덮어 감싸더니 이내 꾹 누르듯 새를 끌어안았다. 희미한 파다닥거림과 함께 여자가 잠시 움찔했지만 소리도 떨림도 이내 잦아들었다. 재이는 뒤늦게 황급히 핸드폰을 바닥으로 내렸다. 엄마에게 생닭이나 오리를 손질하는 법은 배웠어도 살아 있는 새의 숨을 거두는 장면을 보는 건 처음이었다.

새의 몸을 받쳐든 여자가 다시 샛길을 걸어가기 시작했다. 여자는 쌍둥이 나무의 밑동 앞에 한참을 서 있더니 무릎을 꿇어앉았고, 이내 밑동 아래 흙을 파내 깊은 구멍을 만들었다. 새를 구멍에 내려놓을 때 손이 잠시 느려지는 듯 보였으나 풀을 끄집어와 몸 위에 얹을 때는 무슨 일이 있었냐는 듯 재빨랐다. 곁에서 같이 흙을 덮어주는 재이를 여자가 조용히 곁눈질했다.

어, 제가 어제 수달을 찾은 것 같아서요.

몸을 일으키는 여자에게 재이가 말했다. 애써 숨기려 했지만 지난밤에 수달을 발견하고 느낀 떨림이 고스란히 새어나왔다. 재이는 그다음 말을 오랫동안 골랐다. 어떻게 하면 수달을 잡을 수 있을지 물어볼까, 그렇게 물으면 싫어하려나……

걔들을 찾는 사람들이 좋아했겠네.

아직 아무도 몰라요. 아무한테도 말 안 했어요.

방금 나한테 했잖니.

여자는 그렇게 말하고 농막을 향해 걸어갔다. 험준한 길을 내려가는 걸음이 성큼성큼 자연스러웠다. 금세 나무 사이를 통과한 여자는 어느새 농막 문을 열고 있었다. 재이는 새가 묻힌 나무 밑동을 사진으로 남기고 핸드폰을 바지 주머니에 집어넣었다. 컨테이너 주변은 물과 나무들 때문인지 데이터 신호가 제대로 잡히지 않았다.

여자가 집에 들어가 책과 바구니를 들고나올 때까지 재이는 내내 한자리에 서서 기다렸다. 다시 물가로 나온 여자는 재이의 존재를 별로 신경쓰지 않는 눈치였다. 나무의자를 그늘에 끌어다가 다리를 꼬아 앉더니 두꺼운 책을 읽기 시작했고, 책을 넘기다 가끔 옆에 내려놓은 바구니에서 토마토를 꺼내 먹었다. 재이가 몇 걸음 다가서니 책에 집중하던 눈썹 한쪽이 올라갔다.

왜? 먹고 싶니?

여자의 말에 재이는 토마토를 들고 있는 손을 힐끔거렸다. 여자의 손톱 사이에 숲의 진흙이 끼어 거뭇거뭇했다.

괜찮아요.

재이는 괜히 바지 주머니에 손을 찔러넣었다. 집에서 가지고 나온 쿠키 봉지에 손가락이 닿았다. 재이가 쿠키를 꺼내 먹는 동안 여자는 말없이 책을 읽었다. 쿠키를 다 먹고나자 재이는 마땅히 할일이 없었다. 핸드폰 신호도 잡히지 않으니 그저 수면만 물끄러미 바라보고 있는데 작은 물고기 한 마리가 못의 가장자리로 다가오는 게 어렴풋이 보였다. 재이가 쿠키 부스러기를 손에다 털어 못에 던지자 잔잔한 파동이 퍼져나갔고 수면 근처로 올라온 물고기가 입을 뻐끔거리고 돌아다녔다.

뭐하는 거야?

책 여백에 무언가를 메모하던 여자가 입을 열었다. 눈길은 여전히 책을 향한 채였다.

이런 걸 고수레라고 해요. 먹을 걸 나눠주는 거래요.

하지 마라.

여자는 책을 뒤집어 바구니에 내려놓고 자리에서 일어났다. 그러고는 땅에 무릎을 대고 물에서 과자 부스러기를 건져냈다. 재이는 그 모습을 가만히 지켜보았다. 커다란 손이 만드는 물결이 물고기를 멀리 보내고 있었다.

한번 먹을 걸 주면 직접 먹이를 찾으려고 하지 않을 거야. 여기서 매일 밥을 주지 않을 거면 참견하지 마.

계속 밥을 먹이면 저를 따를까요?

따르다니?

저를 알아본다거나, 제 말을 알아듣고 제가 훈련하는 대로 움직인다거나……

왜? 쟤들한테 신이라도 되고 싶은 거니?

날카로운 말투였다. 병든 새를 보내줄 때는 언제고, 과자 부스러기 하나 주지 못하게 하는 게 지나치게 느껴졌으나 이곳은 그녀의 영역이었다. 집을 지키는 엄마처럼 숲의 학자인 여자에게도 자기만의 규율이 있는 듯했다.

저는 엄마를 생각했는데요?

엄마는 신보다도 할일이 많을 텐데.

여자가 그렇게 말하고는 성가셔서 자리를 피하고 싶은 것인지 몇 걸음 떨어진 풀밭으로 걸어갔다. 그러더니 조끼와 신발을 하나씩 툭툭 벗어던지고 곧바로 못에 헤엄쳐 들어갔다. 얼마간 거품 섞인 물결이 일다 수면이 고요해졌다. 녹조가 고인 못은 조금 전에 작은 물고기가 수면 가까이 다녀갔을 때와 다르지 않았다. 가만가만 떠다니는 여자 주위로 옅은 무늬만이 잔잔하게 흘러갔다.

알고 보니 근처의 비탈진 땅은 여자가 가꾸는 밭이었다. 할머니들의 밭보다는 훨씬 아담했지만 얼마나 정성껏 돌봤는지 시든 이파리 하나 눈에 띄지 않았다. 여자의 손이 닿는 곳마다 잘 익은 여름 채소들이 물을 만난 듯 빛을 퍼뜨렸다. 주홍빛 토마토는 복숭아처럼 알이 컸고, 재이의 팔뚝만한 옥수수는 고개를 한껏 쳐들고 수확될 날을 기다리는 듯 보였다. 바로 옆에는 콩과 열무가 한 두둑씩 심겨 있었다.

재이는 몇 고랑 떨어져서 여자를 따라갔다. 발에 밟히는 검은 흙이 새 담요처럼 윤이 나고 푹신했다. 채소밭을 감돌고 흐르는 개울물이 두둑 아래로 굽어보였다. 습기를 머금은 햇빛이 종일 내리쬐는 덕에 무엇이든 잘 자라는 듯했다.

저기에도 수달 굴이 있나요?

큰 소리로 물었으나 여자는 재이가 밭까지 따라온 것을 반기지 않는 눈치였다. 재이의 말에 답하는 대신 비탈을 내려와 재이를 두렁 밖으로 살짝 밀어냈다. 여자는 동물을 연구한다고 하기에는 밭에서 너무 긴 시간을 보냈다. 농부처럼 땅을 고르고, 흙에 짚을 덮고, 토마토 열매를 따는 모습을 건너보면서 재이는 밭 아래 개울가에서 홀로 시간을 보내야 했다. 혼자 숨겨진 땅굴을 찾아보려 했지만 흙탕물 위를 가리는 풀과 뿌리가 너무 무성했다.

해가 기울 무렵이 되어서야 콩 한 고랑에서 딴 꼬투리를 담아 들고 여자가 개울가로 내려왔다. 여자는 신발을 벗고 시원한 나무 그늘에 비스듬히 누워 열을 식혔다.

수달은 낮에 자.

여자가 말했다.

왜 수달을 찾아? 찾아서 인정받고 싶은 거야? 아니면……

그만 됐다는 듯 여자의 말이 끊어졌지만 재이는 조용히 서서 대답을 생각했다. 그간의 독서 훈련도 소용이 없는 듯 말문이 막혔다. 지난밤 냇가에서 땅굴을 찾아냈을 때 누군가 한 명에게는 털어놓고 싶었는데 웬일인지 엄마나 아줌마보다 먼저 여자에게 알리게 되었다. 일단은 그게 다였다.

태양이 열기를 잃고 조금씩 색을 붉혀갔다. 재이는 바위에 앉아 물에 발을 담그고 해가 저물기만을 기다렸다. 여자는 아예 땅 위로 드러난 나무뿌리를 베개 삼아 눈을 감고 있었다. 밭일에 지친 숨소리가 코골이처럼 재이의 귓가에 닿았다. 여자의 규칙적인 숨소리를 듣다보니 재이도 잠이 밀려왔다.

두 사람의 졸음을 물리친 건 해질 무렵 마지막 사냥에 열중하던 새들이 나무에서 일제히 날아오르는 소리였다. 어느새 땅거미가 산중턱을 내려오는 중이었다. 재이가 여자를 재촉했다.

점점 어두워져요.

여자가 몸을 일으키고 하늘을 올려다봤다. 바로 농막으로 가는 줄 알았는데 무언가에 이끌린 듯 여자의 두 다리가 밭을 향해 멈춰 섰다.

들려?

뭐가요?

재이가 물었다. 귀를 기울여도 들리는 건 바람에 흔들리는 나뭇가지와 이파리가 부딪치는 소리뿐이었다. 그때 나무들 사이로 어슴푸레한 그림자가 휙 지나갔다. 사람인지 산짐승인지도 분명하지 않았다.

삐이이.

여자가 크고 길게 휘파람소리를 냈다. 이곳에 사람이 있다고, 그림자를 향해 보내는 경고일까. 여자는 거듭 휘파람을 불고는 손으로 재이를 밀어내며 말했다.

큰길로 내려가. 더 어두워지기 전에.

지금 혼자서요?

두렁에 내려둔 농기구를 들고 여자가 밭으로 돌아섰다. 뭐라고 중얼거리는 듯했는데 제대로 들리지는 않았다. 여자의 몸은 작물 줄기에 가려 이미 보이지 않았으나 밭을 지키는 휘파람소리는 산등성을 향해 천천히 울려퍼지고 있었다.

서둘러 산을 내려온 재이는 차도 옆으로 난 보행로로 발을 내디뎠다. 그곳에 서자 그린벨트 숲이 다른 세상처럼 느껴졌다. 가로등 빛이 가까이 닿는 나무와 풀은 바람결에 한들거렸지만, 멀리 떨어진 캄캄한 산과 물은 숨을 죽이고 웅크린 듯 색을 잃고 캄캄했다. 재이는 그 어둠 속에 몸을 감춘 컨테이너 집을 머릿속에 그려보았다. 언젠가 엄마와 형 모두 떠난다면 버려진 컨테이너 집에 살아보는 건 어떨까? 포크가 될 다른 가족도, 무심코 포크를 밟거나 주워다 쓸 사람도 하나 없는 곳. 숲과 도시의 경계에 서서 바라보니 그 어둡고 촘촘한 장막에 가로막혀 정말 도시의 어느 것도 숲의 작은 집에는 닿지 못할 듯 보였다.

재이는 도로 표지판을 보고 마을을 향해 길을 건넜다. 이상하게도 울퉁불퉁한 흙바닥보다 평평한 아스팔트 바닥을 걷는 일이 더욱 피로했다. 언제부터 신호가 잡혔는지 주머니 속 핸드폰에 엄마가 건 부재중 전화가 네 통이나 와 있었다. 재이는 율리와 노느라 전화가 온지 몰랐다고 메시지를 보냈다. 마음 편히 산에 놀러 다니고, 밤에 수달의 똥을 치우는 데 지장이 없으려면 앞으로 더 많고 그럴싸한 핑계가 필요할 터였다.

타운하우스가 보이는 고가도로 아래로 접어들자 차들이 줄고 주변이 고요해졌다. 가로등 불빛에서 잠시 벗어나, 냇물이 흐르는 쪽으로 눈길을 돌렸다. 밤이 깊으면 버드나무 가지 뒤로 그림자들이 움직이고, 헤드램프와 손전등 빛이 부지런히 바위를 타고 넘을 검은 물가.

왜 이제 나와?

익숙한 어둠을 바라보고 서니 벌써부터 율리와 아줌마가 손전등을 비추며 타박하듯 반겨주는 목소리가 들리는 듯했다.

*

그렇게 시간이 흘러갔다. 재이는 집에서 책을 읽고, 요리하고, 영화를 보고, 늘 일에 치여 사는 엄마를, 핸드폰만 붙들고 있는 형을 지켜봤다. 엄마와 형은 8월에도 시시때때로 포크가 되었다. 코를 후비다, 세수하다, 양치질하다 별안간 포크가 되고는 몇 분, 몇 시간 만에, 혹은 며칠 만에 대중없이 평소의 모습으로 돌아왔다.

아휴.

포크에서 돌아온 엄마는 종종 소파 팔걸이에 몸을 기대고 짧은 한숨을 내쉬었다.

아들, 별일 없었지?

엄마는 정말이지 재채기 한 번 하고 온 것처럼 묻고는 서둘러 일상으로 복귀했다.

재이의 시간은 집보다 숲에서 더욱 빨리 흘렀다. 낮에는 여자가 열무를 캐고 옥수수 따는 모습을 구경하다가 떠밀리듯 집으로 돌아왔고, 밤에는 율리 아줌마를 따라 수달의 똥을 치웠다. 산은 재이의 새 놀이터였다. 율리가 주차장에서 스케이트보드를 타는 모습이 보이지 않으면 재이는 살금살금 소나무 언덕을 가로질러 컨테이너가 있는 산으로 향했다. 산에 머무는 시간이 길어질수록 엄마를 속일 궁리도 점점 대담하고 기발해졌다. 재이는 귀가가 늦을 경우를 대비해 정성스러운 점심 식사를 차려 식구의 의무를 다하는가 하면, 율리와 마을 입구에서 노는 사진을 미리 몇 장 찍어놨다가 산에서 돌아와 엄마 앞에 내밀기도 했다. 엄마가 유튜브용 영상을 촬영하느라 정신없을 날을 일찌감치 핸드폰 달력에 표시해두는 일도 잊지 않았다.

산에 오른 지 일주일 무렵이 되었을 때 재이는 반대쪽 경사면에서 또다른 밭을 발견했다. 검고 기름진 여자의 밭과는 다른, 흙이 누리끼리한 묵밭이었다. 여기저기 고인 물과 이랑의 흔적이 남아 있었지만, 지난날 작물을 길러다 거두느라 기운을 잃어버린 듯 밭은 어느 곳 하나 윤이 나지 않고 부슬부슬했다.

여자가 그곳에서 옥수수 줄기를 자르고 있었다. 비옥한 땅에서 열매를 맺고 남은 옥수수 줄기들은 여전히 대가 푸르고 싱싱했다. 여자는 손에 든 낫으로 이파리와 줄기를 잘라 바닥에 짓이겼다. 고랑에는 흙을 파고 내려놓은 삽과 괭이가 널브러져 있었다.

그건 왜 잘라요?

재이가 허리를 숙여 잘게 잘린 옥수숫대를 휘저었다. 여자는 어느새 삽을 쥐고 흙을 파헤치는 중이었다. 마른 잡초 뿌리와 돌조각들이 삽에 걸려 바스러지며 땅 위로 올라왔다.

여기 심으려고.

그러면 옥수수가 자라요?

여자가 헛웃음을 지었다.

땅이 힘을 다했잖아. 이걸 흙에 묻으면 힘을 회복할 거야.

죽은 옥수수 줄기인데도요?

재이는 할머니들이 밭에 뿌려놓은 회색 비료를 떠올렸다. 비료 포대를 구겨 접으며 밭길을 조심하라 이르던 할머니들을 떠올리다 문득 좋은 기회가 왔다는 생각이 들었다. 일주일 남짓 산을 오르내리면서 여자가 내는 특이한 휘파람소리를 대강 흉내낼 수는 있게 되었지만, 함께 무언가를 해본 적은 한 번도 없었다. 옥수숫대 묻는 일을 도우면 수달 찾는 법을 알려줄지도 몰랐다. 재이는 고랑에 누워 있는 세 발 괭이를 집어들었다. 조금 크고 목이 더 굽은 것을 제외하면 포크와 생김새가 비슷했다. 생각해보면 포크는 몹시 인위적인 모양이었다. 동그랗거나 직선적인, 무언가를 집어올리기 위해 발명되었을 숟가락과 젓가락에 비해 포크는 생김새가 부자연스럽고 오묘했다.

조심해. 날카로우니까.

그냥 큰 포크 같은데요?

여자를 보고 재이가 말했다.

포크도 그럴까요?

뭐가?

포크도 위험해 보이세요?

끝이 뾰족하니까 위험할 수도 있지.

재이가 한층 목소리를 높여 물었다.

혹시 형이 사람으로 돌아오는 순간에 옆에 있었어요?

아니.

여자의 대답은 짤막했다.

그런데도 형 말을 믿어요?

손에 든 세 발 괭이를 만지작거리며 재이가 물었다. 여자는 조용히 한 이랑을 건너가 땅을 팠다. 삽의 뾰족한 머리가 흙을 잘게 솎아냈다. 재이도 괭이로 땅바닥을 찔렀다. 날카로운 이로 쿡 내리찍자 흙이 두부처럼 부서져 발라당 뒤집혔다.

여자는 반나절 내내 밭에서 일했고, 무얼 하든 느릿느릿 여러 가지 일을 한꺼번에 했다. 기도하듯 알 수 없는 말을 중얼거리면서 옥수숫대를 땅에 묻고, 오이를 따면서 고정대를 손보았으며, 가운데 고랑에 앉아 콩 꼬투리도 따고 열무도 뽑았다. 여자를 보고 있으면 왠지 깨어 있는 내내 일하는 엄마가 연상됐다. 수업 영상을 촬영한 다음 영상을 편집하고 번역에 집안일까지 쉴 틈이 없는 엄마. 두 사람에게 일은 노동이라기보다 사는 방식에 가까웠다. 그러다 가끔 여자가 물가에 누워 자유로운 시간을 보내거나 알 수 없는 콧노래를 흥얼거리면서 고개를 까닥거릴 때면, 율리 아줌마가 겹쳐 보이기도 했다.

언젠가부터 재이는 세 사람을 비교하고 있었다. 모두 여자. 열심히 일하는 중. 셋 다 직장이 있는 건 아니다. 프리랜서라는 직업. 여자도 프리랜서일 것이다. 프리랜서 학자, 농부. 엄마는 형과 나를 위해 일한다. 아줌마는 율리를 위해서. 여자는 누굴 위해 일하는 걸까? 숲에서 칼싸움하던 애들을 위해? 오로지 자기 자신을 위해? 아니면 숲에 사는 다른 동물들이나 지친 땅을 위해서?

오후 일을 마친 여자는 컨테이너 집에 머물렀다. 재이도 여자를 따라 들어갔다. 여자는 옷에 묻은 모래를 털고 소파 같은 침대에 누웠다. 그곳에 있으면 시간이 느릿하게 흐르는 듯했다. 며칠 지내보니 태양의 열기를 겨우 차단하는 조립식 농막은 집이라기보다 잠시 시간을 보내고 눈을 붙이는 쉼터에 가까웠다. 침대를 제외하면 가구라고는 어려운 전문 서적과 두툼한 노트들이 꽂힌 책장, 그리고 연구와 식사 겸용으로 사용하는 책상이 고작인 쉼터. 짐이 별로 없으니 해야 하는 집안일도 적었다. 개울물을 대는 배수관을 점검하고, 먼지를 털고, 노트를 정리하는 김에 책갈피에 말려놓은 꽃잎을 가지런히 모아놓으면 되었다. 재이의 흥미를 끌어당긴 것은 책장 뒤편 컨테이너 모서리에 뚫려 있는 개구멍이었다. 여자는 책장에서 책을 고르는가 싶다가도 재이가 한눈을 파는 사이 바깥으로 나가 물가에 서 있곤 했는데, 책장 뒤의 그 작은 구멍을 비밀 통로로 쓰는 게 아닐까, 재이는 짐작하고 있었다.

해질 무렵 건너편 샛길에서 붉은 점이 깜박깜박 빛을 냈다. 멀리 못 건너로 보이는 폐컨테이너 터에서 피운 모닥불이었다. 저녁 시간이 다가오자 산에 올라온 애들이 감자와 고구마를 굽기 시작한 것이었다.

같이 안 먹어요?

여자가 고개를 가로저었다. 숲에서 내려온 고양이 한 마리가 물가에 선 여자를 향해 다가왔다. 조심조심 종아리에 몸을 비비는 고양이를 피해 여자가 몇 걸음 뒤로 물러섰다. 계속해서 따라붙는 고양이의 머리를 손으로 밀어내는 손길이 밤마다 재이를 집으로 돌려보낼 때와 마찬가지로 여지없고 단호했다. 이럴 때 숲의 어른은 타운하우스의 엄마들과는 달랐다. 책임질 누군가를 좀처럼 만들지 않는 사람. 일에 쓰려고 남의 개를 데려와 기르는 아줌마는 물론이거니와 두 아이를 낳고 기르느라 고단하게 애를 쓰는 엄마하고는 몹시 다른 사람이었다.

여름 해가 하늘에 솟아 있을 때도 숲에는 종종 소나기가 내렸다. 빗방울이 못 위에 점점이 무늬를 찍으며 물속으로 파고들면 재이는 바위에 걸터앉아 촉촉하게 피어오르는 나무 향을 들이마셨다. 비바람이 산허리를 타고 내려가자 멀리서 채소 이파리들이 파스스스 우는 소리를 냈다. 소나기가 내리는 날이면 여자는 밭에 나가지 않고 주로 농막의 책상에서 시간을 보냈다.

재이는 빗소리가 시끄럽게 울리는 컨테이너에 들어가는 대신 물가로 내려가 몸을 옹그리고 앉았다. 물이 조금 차오른 듯한 못의 가장자리로 물결에 밀려난 풀 찌꺼기와 거품들이 떠다녔다. 작은 송사리떼가 비탈을 내려가는 가느다란 물줄기를 따라 헤엄쳐갔다. 재이는 물 가까이에 얼굴을 대고 콧구멍을 벌름거렸다. 수초를 적시며 너울거리는 물에서 무겁고 진한 향이 났다. 냇물이 케첩이라면 못은 마요네즈라고 할까? 무언가 기름지고 밥 짓는 냄새처럼 고소했다.

한껏 냄새를 맡다 고개를 들어 돌아보니 낯익은 남자애가 재이의 뒤에 서 있었다. 그새 머리도 자랐고 볕에 탄 얼굴은 더 짙게 그을었다. 그애는 말없이 덥수룩한 곱슬머리를 긁적였다.

아니지? 너희 엄마.

재이가 바로 뒤 컨테이너를 가리켰다.

우리 엄마는 일하러 갔어.

어디로?

저쪽 산에 지은 농막에.

너도 거기 살아?

옮겨다녀. 저기, 저기, 저기도, 빈집은 다 들어가서 놀 수 있지.

그애의 손가락은 모두가 자기 집이라는 듯 샛길의 컨테이너들을 가리켰다.

그런 집에 살려면 너는 뭘 하면 되는데?

무슨 말이야?

밥을 한다거나, 청소나 걸레질, 설거지 같은 거 있잖아.

그런 거 몰라.

아무것도 안 해도 된다는 말이야?

그냥 사는 거지.

학교는? 하고 더 물으려다 재이는 입을 다물었다. 포크가 되지 않더라도 학교에 가지 않는 경우가 있겠구나, 속으로만 생각했다. 포크가 되는 것과 마찬가지로 분명 좋은 이유 때문은 아닐 테니까.

아이가 재이를 지나쳐 물기를 잔뜩 머금은 나무줄기에 발을 올렸다. 다람쥐처럼 줄기를 끌어안은 아이는 발에 끈끈이라도 붙은 듯 단번에 이층, 삼층 가지를 타고 올라갔다. 재이도 아귀에 힘을 주고 줄기를 안았다. 발을 먼저 걸친 다음 맨 아래 가지를 잡으려고 팔을 뻗었으나 손이 닿지 않았다. 어느새 오층 가지를 타고 올라간 아이는 못 한가운데를 내려다보고 있었다.

너도 수달 본 적 있어?

대답이 없자 재이가 다시 큰 소리로 물었다.

여기도 있지?

아이가 수면에 떠다니는 거품을 손가락질했다. 마침 큰 거품이 하나, 둘, 셋, 땅에서 멀어지며 흘러가고 있었다.

저거야?

위에서 키득거리는 소리가 들렸다.

저건 물고기지. 바보네.

물고기가 숲에 왜 올라와?

몰라, 올라오고 싶은가보지.

남자애는 순식간에 나무에서 내려와 못을 향해 달렸다. 퐁,

하고 물속으로 들어가 가라앉기까지 물보라가 거의 일지 않았다. 과연, 저애 역시 못에서 보낸 시간이 제법 쌓인 거였다. 얼마 뒤 컨테이너에서 나온 여자도 물에 들어갔다. 부연 초록빛 물 위에서 여자는 그늘에 누워 책을 읽을 때와 마찬가지로 편안히 움직였다. 숨을 얼마나 들이마셨는지 고개를 들지 않고 한참을 헤엄쳤는데 가끔 물위로 떠오르는 등허리가 돌고래의 등처럼 반들거렸다.

  빗줄기가 가늘어지고 물에 햇빛이 떨어졌다. 여자가 깊이 잠수하는 자리마다 노란 물결이 가볍게 출렁이다 퍼졌다. 물고기 비늘처럼 흔들리는 잔물결을 보면서 재이도 물에 발을 집어넣었다. 몇 걸음 걸어들어가자 별안간 몸이 둥실 떠올랐다. 재이는 얕은 냇물에서 율리와 노는 동안 자연스럽게 물에 뜨고 개헤엄 치는 법을 익혔지만, 아직 물속 깊이 잠수하는 법은 몰랐다. 여자를 따라 팔다리를 저어봐도 수면 위에서 누가 등을 잡아당기기라도 하는 듯 좀처럼 몸이 아래로 내려가지 않았다. 다리가 가라앉으면 고개가 뜨고, 고개를 푹 집어넣으면 다리가 뜨면서 귀가 먹먹해져 조금 무서웠다. 여자와 아이는 멀리 헤엄쳐갔고 재이의 몸은 조금씩 땅으로 밀려났다. 결국 못의 가장자리로 돌아온 재이는 물가에 홀로 남아 숨을 골랐다. 초록빛 물을 가르며 아래로 사라지는 숲속의 사람들을 지켜보면서.

 재이의 늦은 귀가에도 내내 별말이 없던 엄마는 그 무렵부터 행동이 조금 달라지기 시작했다. 식사시간에 말없이 재이의 밥숟가락 위에 반찬을 놔주는가 하면 종종 간식 접시를 들고 재이의 방에 들렀다. 더는 무언가 가르치려 들지 않았고, 독서와 요리를 강요하지도 않았다. 그저 조용히 곁에 머물다가 자러 들어가기 전에 아들, 오늘도 괜찮았지, 물으며 하루를 마무리했다.

 이번 주말도 그렇게 지나가겠거니 했다. 재이는 식탁에 앉아 안방 문이 열리기를 기다렸다. 최근의 엄마라면 노트북을 가지고 나와 식탁에서 일하고, 안방에서 영상을 촬영할 때도 가끔 거실로 나와 재이를 살펴야 했다. 하지만 오늘의 엄마는 달랐다. 점심식사 내내 핸드폰을 붙잡고 있더니 촬영을 마친 뒤에도 방에서 나오지 않았다. 목소리를 낮춰 누군가와 무언가를 의논하는 듯한 통화 소리만 간간이 방을 빠져나왔다.

 오늘 영화 보는 날인데 우리를 잊은 것 같아.

 번역 마감이 다가와서 그래.

 소파에 앉아 기다리던 형은 무심히 대꾸하고는 이층으로 올라가버렸다. 밖에서 시간을 보낼 때는 엄마의 관심을 다른 데로 돌리기 위한 궁리를 해온 재이지만, 변덕스럽게도 집에서는 엄마의 관심을 받고 싶었다. 이럴 때면 궁금해하는 마음만이 사랑이라는 생각마저 들었다.

엄마는 저녁때가 다 되어서야 방을 빠져나왔다. 그러더니 식사시간이 코앞인데도 간식 선반을 열고는 초콜릿을 꺼내 납작한 플라스틱 접시에 담았다. 뜨거운 물로 핸드 드립 주전자를 헹구는 내내 신중한 분위기가 흘렀다.

오늘 잘 지냈어?

엄마가 정수기 앞에서 물을 받으며 등을 보인 채 던진 말이 종일 한집에 머물렀던 가족끼리 하는 인사 같지 않아서, 재이는 대답 대신 초콜릿을 하나 입에 넣었다. 혀와 입천장으로 초콜릿을 녹여 먹는 사이 엄마도 덧붙이는 말 없이 커피포트에서 고소한 탄내를 퍼뜨렸다.

엄마는 스케치북을 들고 재이 앞에 앉았다. 엄마와 재이 사이에는 머그잔과 초콜릿 접시, 도톰한 가죽 필통이 놓였다. 엄마가 연필을 쥐고 깨끗한 종이 한가운데에 커다란 집을 그리기 시작했다.

재이도 그려볼까?

엄마가 스케치북을 뒤로 넘겨 깨끗한 종이를 한 장 뜯고는 재이에게 내밀었다.

집을 먼저 그리고, 나무와 사람을 그리면 돼.

재이는 빈 종이를 어루만졌다.

엄마가 그린 집 옆에다 나무를 그릴래요.

엄마는 재이가 그리는 집을 보고 싶은데?

사람은 누구를 그려요?

아무나. 재이가 그리고 싶은 사람.

재이는 사람에 관해 물어놓고 정작 정중앙에다 과감하게 대각선을 그었다. 울퉁불퉁한 선으로 비탈을 표현하고 거대한 나무줄기를 그려넣었다. 뿌리부터 비스듬히 올라간 선이 종이 모서리까지 뻗어나갔다.

왜 나무를 먼저 그려?

그냥 나무가 좋아서요.

우리집 살구나무보다 훨씬 크네. 무슨 나무야?

재이는 대답하기 힘든 질문이 나오면 슬쩍 초콜릿 포장지를 깠다. 고개를 파묻고 초콜릿을 오물거리는 동안 엄마도 자기 종이에 슥슥 그림을 그렸다. 하지만 연필 소리와 함께 자꾸만 은근한 눈길이 느껴졌다. 기회를 보던 엄마가 조바심을 숨기지 못하고 다시 물었다.

그건 아는 나무야, 아니면 재이가 상상한 거야?

으음, 아는 나무에 상상을 더한 거요?

요즘 주차장 나무에는 왜 안 올라가? 다른 나무가 좋아졌어?

비슷하다고 할 수 있죠.

너무 높은 나무는 아니지? 원숭이도 나무에서 떨어지는 법이야.

저는 안 떨어져요. 원숭이가 아니니까.

나무는 율리하고 찾은 거야? 둘이 맨날 밖에서 뭐하고 놀아?

재이는 씩 웃으며 물가를 향해 기울어진 나뭇가지를 그렸다. 나무를 그리는 일이 너무나 즐거워서 작은 부분까지도 망설임 없이 그릴 수 있었다. 줄기에 불규칙하게 갈라진 주름을 표시하고 여백을 남겼다. 수달의 땅굴을 감추고 있는 냇가의 물푸레나무도, 산의 나무들도 줄기에 희고 커다란 무늬를 가지고 있었다. 엄마는 이제 아예 연필을 내려놓고 재이의 나무를 빤히 쳐다보았다. 재이는 엄마를 의식한 채 태연하게 말했다.

그냥 마음 가는 대로 그리는 거예요.

집이랑 사람도 그려야지. 재이는 우리집 좋지?

엄마의 말끝에 힘이 들어가는 게 왠지 수상했다. 침대 틈에서 비밀 노트를 꺼내 몰래 읽어본 걸까, 그래서 속내를 테스트하고 가족 사랑을 강조하려고 뜬금없이 집을 그려보라고 한 걸까. 초조한 눈길로 대답을 재촉하는 엄마의 모습을 보고 있자니 의심이 커졌다. 재이는 방으로 올라가자마자 노트 위치부터 옮겨야겠다고 생각했다. 서랍장의 과학 잡지나 겨울 카디건 사이에 끼워두면 안전하겠지.

엄마는 재이가 그린 그림을 사진으로 남겼다. 먼저 전체가 나오도록 찍고 나무를 확대해서 또 한번 찍었다. 그런 뒤에도 한참 동안 재이의 그림을 살피며 곰곰이 생각에 잠겼다.

*

초인종은 아무런 예고 없이 울렸다. 거실 창의 두 속 커튼이 만나는 지점, 비좁은 틈으로 바깥 풍경이 살짝 드러났다. 재이는 현관 앞에 선 할아버지의 실루엣을 관찰했다. 가늘지만 탄탄한 몸을 가진 장신의 노인은 나이를 먹을수록 사랑이 많아지는 듯했다. 재이를 만날 때면 언제나 온몸을 꽉 끌어안아주었고, 가끔은 부담스러울 만큼 환한 웃음을 지어 보였다.

도어폰 화면 앞에서 엄마가 옷매무새를 정리하는 동안 재이는 커튼을 젖히고 콧김이 닿을 만큼 바짝 창에 기댔다. 할아버지의 검정 세단이 집 가까이 세워져 있었다. 할아버지는 늘 공용 주차장이 아니라 집 앞 도로에 차를 댔다. 언제나처럼 오래 머물지 않을 거라는 듯, 시동을 끄지 않은 차에서 에어컨 물이 뚝뚝 떨어져내렸다.

일찍 오셨네.

엄마가 문을 나서며 할아버지를 기다린 투로 말했다. 두 사람은 가로수 사이를 가로질러 나란히 차에 탔다. 조수석에 앉은 엄마가 핸드폰을 건넸고, 할아버지는 돋보기안경을 걸치고 화면을 지긋이 내려다보았다. 재이는 직감적으로 엄마가 건넨 핸드폰에 자기가 그린 나무 그림이 있음을 알아차렸다. 엄마가 그림 속 나무줄기처럼 손으로 허공을 크게 사선으로 그은 뒤 주차장 느티나무를 가리키곤 다시 핸드폰을 낚아채 흔들었다. 할아버지는 이야기 들어주기 선수처럼 가만히 엄마의 말을 경청하는 듯했다. 이따금 고개를 끄덕이기도 했다. 재이는 엄마와 할아버지가 나누는 말을 상상해보았다. 첫째는 사춘기라 말을 안 듣고, 벌써 재이도 엇나가려고 해요. 내가 뭘 더 할 수 있을까요? 쟤는 정말 무슨 생각을 하는지 모르겠어. 도대체 누굴 닮았는지. 너를 닮았겠지. 할아버지가 말한다. 널 보면서 컸잖니.

엄마는 차창을 향해 고개를 돌리고 어린애처럼 엉엉 울었고, 그런 엄마를 보며 재이는 생각했다. 인류는 지구 밖에 로켓을 쏘고, 달에 가고, 나중에는 화성에 이주할 수도 있다는데, 포크로 변하는 우리의 문제는 왜 해결하지 못할까. 대단한 물건도 아니고, 고작 포크인데. 아무것도 아닌 포크.

엄마와 할아버지는 시동을 켜놓고 긴 비밀 대화를 나누었다. 해가 몇 번이나 구름에 가려지고 다시 나오길 반복하는 동안 재이의 상상 속 대화도 내내 이어졌다.

한 시간 뒤 재이는 할아버지의 차를 타고 백화점에 갔다. 재이와 형은 조수석을 비우고 공평하게 뒷좌석에 앉았다. 할아버지는 그린벨트 개발 찬성 현수막과 반대 현수막이 걸린 사거리를 몇 번 지나 골프장 앞으로 난 길을 따라 차를 몰았다.

저건 어떻게 되고 있는 거야?

할아버지가 중얼거렸다.

개발하려면 얼른 해버릴 것이지. 맨날 말로만.

이제 진짜 하려고 하나봐요. 건설사 현수막도 붙었잖아요. 개발되면 저 회사 사람들이 아파트를 만든다던데.

재이가 앞을 향해 말했다.

그런 걸 다 알아? 누가 알려주디?

다 듣는 데가 있죠.

거참. 너는 어떠냐?

뭐가요?

너는 어느 편이야? 저 숲이 그대로 있으면 좋겠어, 아니면 아파트도 들어오고, 학교도 들어오고, 백화점도 들어왔으면 좋겠어?

몰래 율리 아줌마를 돕고 있지만, 재이는 자신이 어느 편이라고 콕 집어 대답하기 어려웠다. 그래서 말을 돌렸다.

몰라요. 엄마는 그대로 있었으면 하는 것 같은데.

형이 화제를 돌리며 끼어들었다.

각자의 정원 143

엄마는 왜 같이 안 가요? 할아버지가 있으니까 괜찮을 텐데.

엄마도 방학이 있어야지. 너는 할아버지한테서 떨어지지 말고. 알지? 재이도 나하고 꼭 붙어다니자.

룸미러를 보고 할아버지가 말했다. 남자 어른의 다정함이 어색해서, 재이는 할아버지의 눈길을 옆으로 슬쩍 피했다. 할아버지가 턱을 쓰다듬자 시원한 로션과 면도 크림 냄새가 뒤로 넘어왔다. 새 차에서 날 법한 가죽냄새 역시 할아버지를 생각하면 연상되는 냄새였다. 차는 할아버지를 닮아 연식을 잊은 듯 말끔하게 잘 굴러갔다.

할머니도 빵집에서 일했다고 했죠?

모퉁이의 제과점을 지날 때쯤 형이 물었다.

마을에서 제일 큰 빵집이었지.

할아버지도 가봤어요?

할아버지는 옛 동네 지도를 떠올리는 듯 눈을 가늘게 떴다.

너희 엄마가 다니던 학교 앞이라 학생 손님이 많았어. 사장네 아들도 엄마하고 같은 학년이었을걸?

형은 대뜸 운전석 가까이 몸을 붙였다.

할아버지는 괜찮으세요? 할머니가……

괜찮냐고?

운전석 차창이 천천히 열렸다.

괜찮다기보다는, 받아들인 거지. 그 집안이 좀 특별하잖냐.

왜 그러는지는 몰라도 너희 할머니의 엄마도 그랬고, 언니와 오빠라는 사람들도 다 그렇게 됐지.

할아버지는 멀리 신호등을 응시했다. 재이도 할아버지를 따라 창밖을 내다보았다. 고층 빌딩 앞에 선 사람들이 백화점 직원의 안내를 받아 교차로를 건너고 있었다.

평일 낮인데도 백화점에는 사람이 많았다. 세 사람은 에스컬레이터를 타고 지하 푸드코트를 지나쳐 일층으로 올라갔다. 로비의 하얀 조명이 거울과 유리에 반사돼 사람들의 얼굴이 바깥보다 밝고 환했다. 거울 앞에서 액세서리를 착용해보는 사람들 틈을 비집고 할아버지가 매대의 중절모를 만지작거리는 동안 재이는 입고 있던 티셔츠를 잘 펴서 바지 허릿단에 집어넣었다. 옷이 제대로 정리되었는지 물어보려고 고개를 들었을 때 형은 어느새 옆 매장으로 건너가 야구 모자를 써보고 있었다.

오층 매장의 마네킹은 벌써 가을 채비를 마친 뒤였다. 할아버지는 키즈 브랜드를 몇 개 지나쳐 한산한 매장 안으로 들어갔다. 색이 다른 뜨개옷을 훑으며 재질과 가격표를 꼼꼼히 확인하는 손이 느릿하게 움직였다. 지금 입기 좋은 여름옷이 가지런히 걸린 매대 앞에서, 점원이 다가와 시즌 오프 세일중이라고 강조했다. 형은 옷을 보는 둥 마는 둥 할아버지의 뒤를 졸졸 쫓았다.

할머니 마지막날 얘기 좀 해주세요.

점원이 다른 손님을 응대하느라 잠시 멀어진 틈에 형이 입을 열었다. 할아버지의 시선은 계속 진열된 옷에 머물렀다.

어떤 얘기를?

할머니가 밀린 월급을 받겠다고 사장을 찾아간 건 맞는 거죠? 집을 나서기 전에 별다른 말은 없었나요?

할아버지는 대뜸 목소리를 높였다.

사장한테 폭력을 썼다는 건 정말 터무니없는 소리야. 애초에 그럴 위인이 못 돼. 여럿이 모여 사는 아파트에서 그 난리를 피우다 흉기를 두고 도망쳤다니. 네 할머니를 아는 사람들한테는 정말 말 같지도 않은 소리지.

경찰이라면 포크가 된 할머니를 흉기로 볼 수도 있죠. 아파트 복도에 뜬금없이 포크가 떨어져 있었으니까.

그게 참…… 어떻게 포크 따위가 흉기가 될 수 있어?

이건 어떠세요? 제일 잘 나가요.

그때 점원이 다시 간절기용 카디건을 손에 들고 다가왔다. 재이는 떠밀리듯 옷을 받아들었다. 흰 카디건은 빛을 반사하듯 화사하고 포근했다. 점원이 하라는 대로 팔을 벌려 소매에 집어넣자 서늘한 에어컨 바람 아래로 보드라운 촉감이 살갗을 감쌌다. 옷을 입어보면서도 재이는 형과 할아버지를 향해 귀를 기울였다. 거울에 비친 할아버지가 재이가 입은 것과 똑같은 옷을 옷걸이째 형에게 대보고 있었다.

할머니는 왜 하필 그런 데서 포크가 됐을까요?

운이 안 좋았던 거지. 불쌍한 사람이.

형이 청바지를 집어 거울 앞에 섰을 때 재이는 카디건을 벗어 점원에게 건넸다. 주변을 둘러보니 맞은편 여성복 할인 매대에 엄마가 좋아할 만한 반듯한 셔츠와 재킷들이 놓여 있었다. 뭐든 핸드폰으로만 보고 살 수 있는 엄마. 마지막 백화점 쇼핑은 언제일까? 엄마도 전에는 백화점을 좋아했을까?

큰 위험에 처한 건 아니었을까요?

매대의 옷을 구경하는데 또다시 형의 목소리가 들렸다. 할아버지는 사람이 많은 장소에서 그런 얘기는 그만하고 싶은 눈치였다. 매장 통로를 빙 돌아 카운터로 가면서 몇 번이고 손사래 쳤으나 형은 날을 잡았는지 정말이지 포기를 몰랐다. 옷값을 계산하는 할아버지를 따라붙으며 호시탐탐 말할 기회를 노렸다.

그날 할머니가 위험했을 수도 있다고요.

형이 할아버지의 옷깃을 잡았다.

무슨 말이냐?

할머니가 일부러 포크가 됐다는 생각은 안 해보셨어요? 저도 성공했거든요. 벌써 두 번이나.

네 의지로 포크가 되었단 말이야? 왜?

일종의 테스트죠.

아니, 아니야. 우연이다. 그럴 수는 없어. 원래 너희 나이 때는 뭐든 감정적이고 예민하게 받아들이는 법이지. 별것 아닌 일에 괜히 의미를 부여하고.

형은 고집을 꺾지 않고 되받아쳤다.

할머니는 정확한 방법을 알았을지 몰라요.

네 할머니도 한때는 그런 노력을 했지. 왜 안 했겠어? 포크라는 게 좀처럼 받아들이기 힘든 일 아니냐. 가족을 다 동원해서 원인을 알아내겠다고 한참을 그 일에 매달렸는데, 나중에는 결국 뭐라고 했더라.

재채기 같은 거라고요?

재이가 끼어들었다.

그래, 그런 말도 했다. 이 나이를 먹고 보니 어느 집안이든 문제 하나 없는 집안이 없어. 살다보면 조금씩 무뎌질 뿐이지. 그러니 너희도 너무 애쓰지 마라. 가끔은 그저 하늘의 뜻이려니 생각하고……

형이 할아버지의 말을 자르며 발끈해서 되받았다.

그런다고 뭐가 달라지는데요? 마음이 편해져요? 저는 이해가 안 돼요. 엄마도, 할머니도.

아무렴. 아직은 너무 이르고말고.

할아버지가 눈을 가늘게 뜨고 형을 쳐다보며 말을 이었다.

생각해봐라. 만에 하나 네 할머니가 일부러 그랬다고 해도 왜 하필 그런 데서 포크로 변했겠어?

사장이 먼저 흉기를 꺼낸 거 아닐까요? 다른 방식으로 사장이 위협했을 수도 있죠. 손을 올렸거나, 밀쳤거나, 멱살을 잡았거나. 생각해보면 포크도 꽤 괜찮은 무기잖아요. 칼이나 가위가 안 든다는 말은 들어봤어도, 포크는 안 그래요. 영원하다고요.

무기라니? 재이는 포크로 변해 사장을 찌르는 중년 여성의 모습을 상상했다. 어디를 어떻게 찔러야 물리칠 수 있을까? 자그마한 포크는 재이가 아는 무기를 통틀어도 제일 연약하게 느껴졌으나 쓰는 사람에 따라서는 웬만한 날붙이의 공격을 막아낼 것 같기도 했다.

끊임없이 말을 쏟아내는 형을 향해 할아버지는 그저 허허 웃었다. 특별한 대꾸를 하는 대신 양손에 손주들의 손을 붙잡고는 한 번씩 꼭 힘을 주었다. 핸드폰 액세서리와 스포츠 브랜드 매장을 둘러보고 연한 커피와 주스를 포장해 다시 차에 탈 때까지 형제는 할아버지의 대답을 들을 수 없었다. 이따금 볼에 주름이 지도록 웃는 웃음, 그게 전부였다.

할아버지가 차에 실은 쇼핑백에는 치수만 다른 형제의 카디건 외에도 신상 운동화와 가을용 점퍼가 담겨 있었다. 할아버지는 늘 이렇게 엄마를 대신해 때마다 손주들에게 필요한 물건을 챙겼다. 둘을 붙들고 돈 걱정은 말라는 말도 자주 했다. 그 말은 현재가 아니라 만약을 위한 말이었다. 도와줄 할아버지도 누구도 없는 먼 만약.

귀갓길에 재이는 자동차 조수석에 앉아 핸드폰 게임을 했다. 할아버지가 에어컨을 틀고 사탕 상자를 건넸다. 라디오에서 흘러나오는 트로트를 따라 할아버지는 입속말로 조용히 가사를 읊조렸다. 재이가 입안에 넣은 사탕은 차와 사람으로 붐비는 도로를 빠져나오는 동안 완전히 녹아 없어졌고, 고가도로를 건널 때 재이는 세번째 사탕을 입에 넣었다. 멀리 한강에 유람선이 한 척 떠갔다. 반듯한 강줄기가 그린벨트의 내와 만날 때까지 옆으로, 또 옆으로 흘러갔다. 재이는 눈을 돌려 계기판을 흘겨보았다. 차가 백화점에 갈 때보다 빠른 속도로 달리고 있었다.

왜 돌아오지 않는 건지.

할아버지가 갑자기 말을 던졌다. 재이는 졸음에 늘어진 몸을 움찔거렸다. 새삼 정적이 길었다는 생각이 들었다. 인스타그램에 무언가를 쓰는지 내내 스마트폰 화면을 쉼없이 타닥거리던 형이 운전석을 향해 자세를 고쳐 앉았다. 할아버지의 눈은 건너편에서 경적을 울리며 지나가는 버스를 따라 움직였다.

경찰이 찾아와서 증거물이랍시고 포크를 꺼냈을 때 모른 척하는 게 아니었는데. 그게 마지막일 줄 알았다면 우리가 그랬겠니?

할아버지가 한숨을 길게 내쉬었다.

나중에 경찰서를 찾아갔을 때는 오래된 사건이라 증거물 보관 기한이 지났다고 하더구나. 너무 오래 내버려둔 거지.

이제라도 어떻게든 포크를 찾아서 사과하면 되지 않을까요? 포크로 변한다고 할머니가 사라지는 건 아니잖아요. 그렇게 영원히 기다릴 수도 있죠.

영원한 게 어디 있겠니.

할아버지는 재이만 들을 수 있을 만큼 작은 목소리로 말했다.

그래, 포크가 아주 사라지는 건 아니지.

할아버지가 주름지고 건조한 손을 뻗어 재이의 어깨를 어루만졌다. 그러고는 하고 싶은 말을 삼키듯 가만히 뒤통수를 쓰다듬어주었다. 재이가 선바이저를 내리고 작은 거울로 뒷좌석을 흘겨보았을 때 형은 핸드폰을 다리 사이에 내려놓고 머리카락을 쓸어넘기고 있었다. 거울에 고개를 푹 숙이고 웅크린 형의 정수리가 비치자, 포크가 된 형을 찾겠다고 길가를 뒤지고 다니던 엄마의 구부정한 모습이 떠올랐다. 집에만 머무르던 엄마는 어떻게 그런 용기를 냈을까? 형을 찾다가 엉뚱한 데서 포크가 되면 어쩌려고? 나를 믿은 걸까? 마음이 무거웠다. 홀로 누군가를 지켜야 하는 일이 아직은 너무 무겁고, 외로웠다.

에어컨과 가까운 자리라 그런지 오스스 한기가 돌았다. 재이는 가죽 시트에 등을 붙이고 앉아 조용히 도로변 가로수에다 눈길을 옮겼다. 일정한 리듬으로 뒤로 멀어지는 나무들의 모습이 어수선한 마음을 가지런하게 만들어주었다. 막연하고 커다란 두려움 앞에서 재이는 하루하루 마주하는 작은 순간을 수집하기로 마음먹었다. 엄마의 사랑을 갈구하고, 만약을 두려워하고, 어두운 물가에서 수달을 기다리는 일처럼 아득한 것이 아니라, 부엌에 퍼지는 기름진 음식냄새라든가 살에 닿는 따뜻한 볕이라든가 바람과 풀이 만드는 잔잔한 물무늬처럼 아주 작지만 가까이에 있는 즐거움들.

차창을 열고 눈을 감은 채로 깊은숨을 들이마셨다. 익숙한 숲냄새가 조금씩 가까워지고 있었다.

재이는 할아버지가 사준 하얀 카디건을 가을옷 서랍장에 넣었다. 서랍을 연 김에 옷을 정리하다가 지난해 크리스마스에 엄마에게 선물받은 줄무늬 스웨터를 꺼내 걸쳐보았다. 겨울에는 허리춤을 다 덮었는데 이제 옷 아래로 맨살이 드러났다. 신이 나서 계단을 콩콩 뛰어내려가 거실과 부엌 사이를 알짱거렸다. 형은 식탁에서 홈스쿨링 숙제를 했고, 엄마는 안방 문을 반쯤 열어놓고 스테퍼를 밟고 있었다. 부엌에서 물을 따라 마시며 괜히 식탁을 한 번 내려다보았다. 형이 힐끗 재이를 쳐다보고 다시 수학 답안지를 뒤적거렸다. 재이는 이번에는 안방 앞을 기웃댔다. 엄마가 기척을 느꼈는지 눈썹을 들고 미소 지었다. 배고프냐는 엄마의 물음에 재이는 아니라고 답하고, 문간에 서서 배를 내밀고 스웨터를 쓸어내렸다.

추워? 에어컨 끌래?

엄마가 물었다. 그보다 재이는 작아진 옷에 관한 말을 듣고 싶었다. 키가 이만큼 자랐어요, 자랑하고 칭찬을 듣고 싶었다. 조금만 더 기다려보기로 했다. 엄마의 몸은 문밖을 향해 있었지만, 눈은 책상 모니터에 고정되어 있었다. 모니터를 보며 일과 운동을 같이하는 중이었다. 손을 뻗어 마우스를 몇 번 클릭한 엄마는 다시 힘껏 스테퍼를 밟았다. 까만 머리칼이 파도처럼 솟고 가라앉기를 반복했다.

참, 혹시 흙 묻은 옷 세탁기에 넣었어?

엄마는 스웨터 대신 엉뚱한 옷 이야기를 꺼냈다.

네가 넣었지?

재이는 산에 다녀온 날 손빨래를 생략하고 대강 세탁기에 집어넣은 반바지와 양말을 떠올렸다. 더 부지런했어야 했는데. 일단 시치미를 떼기로 했다.

아, 율리랑 놀 때 묻었나봐요.

흙은 다 털고 넣어야 해. 다른 옷까지 망치지 않으려면.

엄마가 말했다. 그다음 말도 스웨터에 관한 건 아니었다.

각자의 정원 153

어디서 그렇게 흙을 묻혔어?

재이는 대답 없이 안방을 등지고 돌아섰다. 짧아진 옷자락을 잡아 내리며 두 칸씩 계단을 성큼성큼 올라갔다. 방에 들어가 문을 닫고 두 팔을 힘껏 들어 보였다. 한 치수 작은 겨울옷을 입고 맨살을 드러낸 재이의 모습이 맞은편 집들과 겹쳐서 창에 비쳤다. 빌린 옷을 입은 듯 엉거주춤한 자세. 재이는 창에 비친 자신의 모습을 넌지시 쳐다보다가 스웨터를 벗었다. 옷을 대강 구겨 서랍장에 집어넣었다. 아래층까지 들리도록 화풀이하듯 쾅쾅 서랍을 여닫는데 뒤에 다른 옷이 걸렸는지 서랍마저 마음대로 닫히지 않았다.

서랍 뒤에는 형에게 물려받은 낡은 반바지가 끼어 있었다. 서랍을 마구 닫을 때 튀어올라 탈출하기라도 한 모양이었다. 문득 경찰서 캐비닛에 처박힌 채 남편과 딸을 기다렸을 할머니가 생각났다. 할머니는 어떤 모습이었을까? 우리 가족이 해주듯, 경찰이 푹신한 물건 위에 잘 뒤집어두진 않았겠지? 증거물 번호가 붙은 채 서류와 함께 누워 있었을까? 아니면 비닐 속에? 두꺼운 파일 속에? 중년이었으니 이 반바지처럼 낡은 포크였을까? 아니면 여전히 윤이 나 반짝거렸을까? 경찰이 포크를 꺼냈을까, 아니면 모두가 퇴근한 새벽에 사람으로 돌아와 캐비닛 문을 열고 직접 걸어나왔을까? 왜 집으로 돌아가지 않았을까……

\*

　물속에 고개를 집어넣었을 때 본 것을 토대로 재이는 못의 수면 아래를 상상하곤 했다. 넘실거리는 물속은 여름날답게 따뜻했다. 하늘에서 떨어지는 수천 갈래의 빛줄기가 발버둥치는 재이의 발아래로 모여들었다. 못 안은 노랗게 불을 밝힌 듯 환했고, 수초가 가득했으며, 이파리 뒤에서는 물고기의 비늘이 사방으로 빛을 흩뿌렸다.

　상상은 때로 야외 수영장의 미끄럼틀처럼 구불구불 이어지는 굴속을 마구 부딪치며 아래로 내려갔다. 가장 신나는 점은 잠영을 배우지 않아도 마치 우주를 헤엄치는 것처럼 어디든 갈 수 있다는 거였다. 상상 속에서 재이는 물속을 나부끼는 비닐봉지였다. 무한한 물살을 동력 삼아 자유로이 헤엄치며 만화가처럼 빈 풍경을 채워나갔다.

　눈앞을 너울거리는 물거품. 비탈에는 바둑알처럼 검고 흰 돌멩이들. 야자수처럼 쑥쑥 자라 서걱서걱 살을 스치는 옥수수 줄기. 무용수처럼 춤추는 물풀. 길 잃은 거북이 한 마리. 쌍둥이 잉어 두 마리. 셀 수 없이 많은 송사리떼…… 작은 물고기들은 자기들끼리만 아는 경로라도 있는 듯 일제히 방향을 틀며 꼬리지느러미를 저었다. 재이는 송사리떼를 뒤따르다 또 다른 경사면에서 작은 어둠을 마주했다. 돌처럼 작고 평범해서 그대로 지나쳤다가 길을 돌아온 끝에 다시 만난 어둠은 어느 땅굴의 입구였다. 나무뿌리가 길게 자라 구멍을 반쯤 가리고 있었는데 구멍 안이 터널처럼 캄캄했다.

어디로 통하는 걸까? 잠시 터널 너머를 상상하는데 무언가 재이의 옆구리를 지나쳤다. 물살을 뚫고 이명처럼 높은 휘파람소리가 들렸다. 먼저 물에 들어와 있던 여자가 손짓해 작은 그림자들을 부르고 등뒤에 숨기고 있었다. 무리를 이룬 짐승의 꼬리와 뒷발이 미처 다 숨지 못하고 베이지색 조끼 뒤로 조금씩 빠져나왔다. 수달이 틀림없었다.

숲속의 못을 상상할 때면 언제나 비슷한 풍경이 그려졌다. 아주 긴 시간 우묵한 곳을 채워온 노랗고 푸른 물과 작은 그림자들을 숨겨주는 여자의 뒷모습, 휘파람소리, 물결치는 목소리……

집에서도, 내에서도, 산그늘 안에서도 재이는 물속을 떠다니던 메아리들을 생각했다. 못에 가면 여자에게서 눈을 떼지 않으려고 애썼다. 동그란 눈을 더욱 동그랗게 만들고 여자의 꽁무니를 따라다녔다.

너무나 평화로운 오후였다. 바람이 불자 풀들이 옆으로 누워 재이를 맞이했다. 재이는 여자를 따라 고랑을 걸으며 어깨너머 배운 대로 잡풀을 정리했다. 바람은 여름의 냄새라고 할

만한 것들을 모조리 머금고 있었다. 옥수수, 토마토, 오이의 달콤한 향기가 흙냄새에 묻어 콧속으로 들어왔고, 못의 녹진한 비린내 역시 바람에 실려왔다. 숲의 청량하면서도 비옥한 냄새는 여름이 깊어갈수록 짙어지고 있었다.

여자는 잠시 재이를 기다렸다가 토마토 따는 모습을 보여주었다. 세번째로 딴 커다란 토마토는 꼭지를 떼고 옷에 문질러 닦아 재이에게 건네기도 했다. 손톱 끝으로 누르면 과즙이 주르륵 나올 만큼 잘 익은 열매였다. 재이는 밭 가장자리 두렁에 걸터앉아 한입 가득 토마토를 베어 물었다. 여자도 먹음직스러운 토마토를 골라 재이 옆에 나란히 앉았다. 숲에서 여자를 따라다닌 이래로 처음 있는 일이었.

산등성이에서 시원한 바람이 불어 내려왔다. 밭두렁 앞을 흐르는 실개울 위에도 붉은 기운이 내려앉고 있었다. 재이는 혀를 내밀어 입가에 묻은 토마토 즙을 핥아먹었다. 여자가 준 토마토에서는 소금을 친 것처럼 짭짤한 맛이 났다. 여자는 토마토를 먹는 내내 몸을 숙여 채소 바구니를 정리했다. 마지막에는 오이를 모두 개울물에 씻어냈다.

그만 돌아가자.

조금만요.

재이는 여자 옆에서 물에 젖은 발가락을 꼼지락거렸다. 발가락 바로 아래, 뱀처럼 흐르는 개울의 물줄기 사이로 작은 물

각자의 정원 157

고기가 헤엄치고 있었다.

물고기들은 왜 여기까지 올라오는 걸까요?

글쎄?

물이 마르면 못에 갇히잖아요. 답답하지 않을까요?

그래도 여기가 좋은가보지.

이상해요. 물고기라면 넓은 바다를 좋아해야죠.

새가 다리에 물고기의 알을 달고 숲으로 날아오는 건 아니?

여자가 말했다.

자연에는 원래 이상한 일이 많거든. 그걸 다 이해할 수는 없지.

형이 포크로 변하는 것처럼요?

동의를 표하듯 고개를 끄덕이는 여자에게 재이가 계속 물었다.

차라리 다른 물건으로 변하면 어떨까요? 포크는 젓가락이나 숟가락으로 쉽게 대신할 수 있잖아요. 그것보다 더 중요한 거요. 예를 들면 자동차나 오토바이나 자전거, 집이나 옷 같은?

여자는 잠자코 재이가 쏟아내는 말을 들었다.

살아서 움직이는 것도 좋을 텐데. 개, 고양이, 새, 잠자리, 나비? 그런데 천적이 있는 건 피해야겠죠? 자기를 지킬 힘은 있어야 하니까.

그래, 그러면 좋겠네.

재이는 여자를 향해 까만 속눈썹을 깜빡였다.

혹시 뭔가로 변해본 적 있어요?

그럼.

진짜요?

농담이라는 듯 여자가 맑은 눈으로 웃으며 재이를 쳐다봤다. 재이는 피식 새는 웃음소리를 들으며 여자의 손을 내려다봤다. 물에 살짝 젖은 손은 언제나처럼 밭을 돌보느라 거뭇거뭇 지저분했다. 손목 뒤쪽에서는 조금 전에 먹다가 묻은 듯한 토마토 씨가 슬그머니 흘러내리고 있었다.

팔에 씨앗 붙었어요.

어디?

여자는 깨알 같은 노란 씨앗을 바로 찾지 못했다. 재이가 엉뚱한 곳을 털고 있는 여자의 팔에 손톱을 가져다댔다.

여기요.

재이는 씨앗을 직접 떼어내 바닥에 튕겼다. 그러곤 바위를 짚고 있는 여자의 손 위로 손가락을 펼쳐 크기를 비교해보았다. 내친김에 깍지 끼듯 여자의 손가락 사이사이에 손을 포개 넣고 피아니스트처럼 손끝을 움직여보기도 했다. 재이의 손길에 놀랐는지 여자는 손을 슬쩍 빼내 머리를 쓸어넘겼다. 얇고 투명한 귓바퀴가 평소보다 붉었다. 홀로 숲을 지키는 대단한 사람이면서 마치 사람의 손길은 익숙하지 않다는 듯 당황하는 모습을 보고 있자니 괜히 더 놀래주고 싶은 충동이 일었고, 어떻게 놀래줄까 고민하는 와중에 갑자기 재이의 심장이 두근대기 시작했다.

여기 살면 심심하지 않아요?

할일이 이렇게 많은데?

다시 침착함을 되찾은 여자가 자신의 밭을 둘러보았다.

텔레비전도 없고, 핸드폰도 없잖아요. 친구도 없고.

별로.

밤에도 무섭지 않아요? 달이 작아지면 더 어둡고, 막 무서운 소리도 들리던데.

괜찮아.

갑자기 아프면 어떡해요? 병원에 가야 하면요? 진짜 심하게 아파서 주사를 맞으러 가야 할 수도 있잖아요.

여자가 대답했다.

언제까지 이렇게 살 수 있을지는 모르지.

그때는 여길 떠날 거예요?

그 말에는 대답이 없었다.

있잖아요.

재이는 자기 허벅지 위에 손을 올려놓고 주먹을 쥐었다.

가기 전에 작별인사를 해주실래요?

작별인사?

여자가 되묻는 말이 파동처럼 전해져왔다. 방금의 두근거림 때문인지 몸이 떨렸다. 코로 숨을 내뱉으면서 재이는 마음의 문을 아주 조금 닫았다. 언제든 떠날 수 있는 어른에게 한껏 열어놓을 마음은 이제 더 없으니까.

그럴게.

여자가 말했다. 재이가 여전히 주먹을 꼭 쥔 채로 슬쩍 곁눈질해보니 여자는 한들거리는 수풀과 두렁 아래로 느긋하게 흘러가는 개울물을 내려다보고 있었다.

저녁 하늘이 못을 짙게 물들였다. 못의 가장자리를 타고 흐르는 물줄기가 검은 물결을 이루며 내리막길로 이어졌다. 건너편 컨테이너 앞에서 붉은 불빛이 피어오르고 흩어지기를 반복했다. 모닥불은 어두운 숲에 마치 붉은 보름달을 심어놓은 듯했다. 신나서 불빛을 따라가려는 재이를, 여자는 만류하지 않고 내버려두었다. 오히려 낮에 거두어들인 토마토와 옥수수를 작은 바구니에 담아 건네주기까지 했다.

버려진 컨테이너로 가는 길목에서 재이는 불이 붙은 장작 하나가 마치 허공을 떠다니듯 움직이는 걸 보았다. 유독 커다란 나무 아래에서 남자애가 불이 붙은 장작을 들고 있었고, 여자애는 땅을 헤집어 파고 있었다. 이제는 제법 친숙해진 얼굴들이었다. 헛기침소리를 내면서 경사를 오르자 두 아이가 장작불 아래로 재이의 얼굴을 알아보고는 인사를 건넸다. 두 아이는 이내 땅으로 눈길을 돌렸고, 파낸 흙이 옆에 수북이 쌓이자 장작을 든 남자애가 구덩이 앞에 한쪽 무릎을 꿇었다. 조심스럽게 구덩이에 밀어넣은 건 커다란 오리였다. 이 숲에 본격적으로 들락거리기 시작할 무렵 재이를 위협하던 무리 중 한 마리인 듯했다. 깃털로 덮인 배가 그때보다 볼록하게 보였다.

묻어주는 거야?

산 아래 죽어 있어서.

여자애가 대답했다.

물려 죽었어?

글쎄. 큰 상처는 없는데.

저번엔 개울에 어린 새도 죽어 있었는데.

그래? 무슨 전염병이라도 도나.

그럼 우리도 위험한 거 아니야?

재이는 흙속에 파묻혀가는 오리의 붉게 부은 눈시울을 살펴보았다. 희고 얇은 막이 안구를 덮고 있었다. 흙이 한 줌씩 떨어질 때마다 살아 움직이듯 흔들리던 긴 부리가 흙 아래로 조금씩 모습을 감추었다. 여자애가 구멍에 흙을 덮는 동안 장작을 든 남자애는 재이 앞에다 길을 비추었다. 그애들은 잘 모르겠지만 재이는 이제 불빛 없이도 야간 투시경을 쓴 것처럼 산속 샛길을 잘 다녔다. 샛길의 끝에 검붉게 타오르는 모닥불 연기가 보였다. 장작 옆에는 아이들이 같이 나누어 먹으려고 가져온 듯한 과일과 채소들이 놓여 있었다.

세 사람은 장작불을 가운데 두고 둘러앉았다. 둘이 남매야? 재이가 물었을 때 두 아이는 동시에 고개를 저었고, 여기 와서 만난 거야? 라는 질문에는 똑같이 두루뭉술하게 답했다. 하긴. 안다고 달라질 일이 있을까? 이 숲에서는 다들 별다른 절차 없이 재이를 받아들였다. 아이들은 물론이거니와 여자 역시 재이의 이름이나 나이를 묻지 않았다.

재이는 불빛에 비친 아이들을 자세히 살펴보았다. 맞은편에 앉은 여자애가 재이의 바구니에서 옥수수를 꺼내 불 위에 올렸다. 남자애는 은박지에 싼 고구마를 뒤적거리더니 마른 나뭇가지를 불쏘시개로 던져넣었다. 가족처럼 둘러앉았으나 살갑게 안부를 묻는 사람은 없었다. 서로 먹을거리를 교환한 뒤에는 거의 동시에 나무에 등을 기대고 앉아 멍하니 불을 바라보기만 했다. 불이 새 장작을 태우면서 경쾌한 소리를 냈다. 하늘은 불이 타오르는 방향만 붉고 나머지는 다 새카맸다.

이번 여름은 비가 너무 안 오는 것 같아.

남자애가 긴 침묵을 깼다.

그러게. 못에 물이 차야 개울도 굵어진다던데.

여자애도 입을 열었다. 잠시 날씨 이야기가 이어졌다. 화제를 바꾼 사람은 재이였다.

밑에 커다란 기계가 있던데, 뭔지 알아?

벼를 심는 거야. 벼를 거둔 다음엔 털기도 하고. 사람을 모아서 산에다가 크게 농사를 지을 건가봐.

남자애가 대답했다.

누가?

엄마를 처음 여기 데려왔던 사장 아저씨가.

사장? 여기에 사장이 있어? 먼저 살고 있는 사람한테 허락을 받아야 하는 거 아니야?

여자애가 잘 알고 있는 얘기라는 듯 맞장구쳤다.

저번처럼 사람들 실컷 부려먹고 쌀만 훔쳐가는 거 아닐까?

그런 일이 있었어?

그랬대. 밭떼기라나 뭐라나.

남자애가 훅 바람을 불어 불을 지폈다. 불길이 타오르면서 마주앉은 얼굴들이 붉게 물들었다. 잠깐 찾아온 적막을 깨고 여자애가 재이에게 말을 걸었다.

여긴 매일 와?

거의?

집에서 뭐라 안 해?

응.

재이는 포크 얘기를 해버릴까, 망설이다가 다른 얘기를 했다.

여기도 머무를 곳은 있고…… 나무도 더 많고, 못도 있고. 못에 수달도 있다고 했지?

두 아이를 두루 보면서 계속 말했다.

나는 원래 저기 사는 사람이 수달을 연구하는 줄 알았거든? 근데 아닌 것 같아. 지금은 숨겨주고 있다고 생각해. 그러려고 여기 있는 것 같아.

흠. 수달을 지킨다고? 왜?

남자애가 되물었고 여자애는 재이를 따라 고개를 돌렸다. 나중에는 셋 모두 다른 표정으로 건너편 컨테이너를 건너다보았다.

금세 구수한 연기가 재이의 코로 들어왔다. 층층이 쌓인 작물이 숯불 위에서 검게 익어가고 있었다. 알이 작은 고구마가 제일 먼저 먹음직스러운 냄새를 풍기자 멀리서 고양이 울음소리가 퍼졌다. 혀에 침이 고이는 것을 느끼면서, 재이는 산에 사는 고양이들이 허기에 이끌려 불 앞으로 내려올 만도 하다고 생각했다. 세 사람은 은박지를 까서 노릇하게 익은 고구마를 나누어 먹었다. 남자애는 이따금 고구마 조각과 껍질을 뒤로 던지기도 했는데, 손가락으로 부순 고구마를 내놓자 점박이 고양이가 냉큼 물어 나무 사이로 달아났다. 재이는 고수레를 말리지 않고 가만 지켜보았다. 모닥불을 향해 나뭇가지를 던져 불씨를 지피다가 옥수수 타는 냄새가 퍼진 뒤에는 두 사람을 따라 장작을 내려놓았다. 불길이 사그라들 때까지 다시 말을 꺼내는 사람은 없었다.

산속의 밤은 그림자들의 시간이었다. 물과 나무와 수풀, 그리고 밭에서 자라는 작물들이 하나의 색이 되어 일렁거렸다. 물결은 산바람이 내려올 때만 일었다. 벌레들이 우는 소리, 나무가 흔들리는 소리가 낮보다 크게 들렸다.

바람이 완전히 잦아든 순간, 새카만 밭에서 알 수 없는 그림자의 발소리가 들려왔다. 태연하면서도 갑작스럽고, 작지만 또렷했다. 규칙적이고 나지막한 것이 작물을 도둑질하러 온 사람들의 발소리 같기도 했다.

쉿.

여자애가 입가에 손을 올렸다. 음식을 씹던 것마저 멈추고 소리를 완전히 죽이자 그제야 그림자를 따라 샛길로 들어가는 여자의 발소리가 들렸다. 이어서 높은 경계음이 울려퍼졌다. 여자의 휘파람소리였다. 아이들도 여자의 휘파람을 따라 하기 시작했다. 마치 컨테이너 주변에 사는 모든 존재가 그렇게 하는 듯했다. 휘파람을 불어 그림자를 향해 경고하면 메아리가 되어 바람을 타고 거듭 소리가 퍼져나갔다. 이곳에 살면서 밭을 지켜온 파수만이 가질 수 있는 위대하고 자연스러운 권위였다.

수달을 만나면 어떻게 하는 게 좋을까요?

모르는 척하는 게 좋지 않을까?

다음날에도 재이는 평소처럼 못의 가장자리에 앉아 여자와 대화를 나누었다. 바람 한 점 없이 고요한 하늘이 거울처럼 수면에 환히 드러났다.

공기 방울로 수달을 찾을 수 있다던데요.

누가?

재이는 남자애를 찾아 나무 우듬지를 두리번거렸다.

친구를 사귀었구나?

아직 친구라고 하긴 좀 그래요. 저하고 제일 친한 친구는 옆집에 사는 여자애예요. 이름은 율리고요.

예쁜 이름이네.

혹시 저랑 친구하고 싶으세요?

재이는 여자를 쳐다보지 않고 말했다. 여자가 픽 콧바람 내뿜는 소리가 들렸다.

저 방울은 물고기겠죠?

여자가 재이를 따라 못 한가운데로 시선을 옮겼다. 언제 샛길을 올라왔는지 건너편에서 남자애가 물에 뛰어들 채비를 하고 있었다. 재이도 풀밭에서 엉덩이를 떼고 일어나 물의 가장자리에 발을 집어넣었다. 완만한 비탈을 걸어내려가자 물이 점점 올라와 배꼽 아래에서 넘실거렸다.

 수달은 자고 있겠죠?

 흙을 밟고 선 재이가 물 밖으로 가슴을 내밀고 말했다. 녹색 물은 못 가장자리를 굽이치다 여러 갈래로 흘러내렸다. 물줄기가 뱀처럼 방향을 바꾸고는 풀과 나무를 만나 흡수되듯 사라졌다.

 나중에 못이 마르면 어떡해요?

 마르지 않을 거야.

 너무 넘치는 건요?

 그만큼 흘러가는 거지.

 우리집까지 닿으려면 얼마나 걸릴까요?

 글쎄. 내일이 될 수도 있고, 가을이나 겨울이 될 수도 있지 않을까?

 왜 달라요?

 여러 갈래로 흩어져 내려갈 테니까. 가면서 멈추거나 다른 데 고일 수도 있고.

 여자는 손으로 못을 저어 물결을 만들더니 못 앞 풀밭에 나무의자를 끌어다놓았다. 못을 바라보고 책을 읽으려는 듯했다. 물가에는 재이와 남자아이가 남았다. 물 한가운데서 주변 공기를 깊이 들이마시는 소리가 들렸다. 남자애가 재이를 놀리듯 무어라 소리치고는 잽싸게 물속으로 쏙 들어가버렸다. 약이 오른 재이도 못의 가운데를 향해 몇 걸음 내디뎠다. 까치발을 들고 달리듯 걸어가던 재이는 빈 구덩이에 빠지는 느낌이 들어 다급히 숨을 삼켰다. 휘청이는 몸을 바로잡으려고 허우적거리다가 자기도 모르게 물을 몇 모금 마시고 나니 온몸에 돌처럼 힘이 들어가기 시작했다. 재이가 팔을 휘저어 마구 흔들리는 수면 아래는 상상해온 것처럼 노랗고 밝지 않았다. 뿌연 물속에서 보이지 않는 파도라도 탄 듯 발이 계속 헛바퀴를 굴렀다.

그때 여자의 손이 재이의 팔을 잡았다. 몸의 통제권을 잃은 재이는 여자가 이끄는 대로 잡아당겨져 곧장 밖으로 솟구쳤다. 손을 마주잡고 서자 물속의 부연 빛과 거품들, 몸이 가라앉는 듯했던 감각이 모두 바보 같은 착각으로 느껴졌다. 무릎을 곧게 펴고 서자 물은 처음처럼 가슴께를 조용히 어른거리고 있었다.

괜찮니?

당황해서 그랬어요. 갑자기 발이 안 닿아서.

재이는 놀라서 숨을 몰아쉬며 대답했다. 여자가 일순 후회하는 얼굴을 했다.

아니, 내 잘못인 것 같아.

네?

들어가지 못하게 말렸어야 했는데.

아니에요.

재이는 이마로 떨어지는 물을 닦는 척, 옆에서 자책하는 여자의 눈치를 살피다 왠지 그 얼굴이 쓸쓸해 보여서 엄마에게도 해본 적 없는 말을 했다. 다시는 혼자 못에 들어가지 않으리라 다짐하면서.

잘못했어요. 제 잘못이에요.

아니, 아니야.

여자가 말했다. 옅은 미소를 보니 마음을 조금 누그러뜨린 듯했으나 다리는 여전히 재이를 가로막듯 물 앞을 지키고 서 있었다. 이제 수면은 재이가 만든 거품을 지우고 평소처럼 다시 고요해졌다.

괜찮아?

남자애가 다가와 재이의 옷에서 떨어지는 굵은 물방울을 빤히 쳐다봤다.

아무것도 아니야.

걱정스러운 시선이 싫어서, 재이는 그렇게 대답했다. 그러고도 괜한 치기가 들어 헤엄이나 나무 타기같이 저애가 잘하는 무언가가 아니라 저애가 모르는 자기만의 것들을 생각하기 시작했다. 형. 할아버지. 백화점. 학교. 독서 노트. 책장 가득한 책. 주차장. 율리와 스케이트보드. 와플 기계. 광파 오븐.

오십 개가 넘는 조리법. 치즈가 붙은 냄비를 감쪽같이 닦는 법. 채소를 오래 보관하는 법. 그 외에도 수많은 법, 법, 법. 나만의 방. 마당. 계단과 난간. 그리고 집. 조립식 농막이 아니라 진짜 집······

 그냥 미끄러졌어.

 재이는 유치한 비교를 그만두고 다시 입을 열었다. 알 수 없는 표정으로 남자애가 이번에는 여자의 얼굴을 살폈다. 재이도 뒤를 돌아보았다. 여전히 굳은 얼굴이었으나 재이는 물속으로 들어와 첨벙거리는 자신을 잡아준 손길을 떠올리자 조금 마음이 놓였다.

\*

 재이는 원을 그리며 바위를 닦았다. 사실은 닦는 척만 했다. 바위에서 손을 떼고 허공을 문지르고 있었으니까. 수달의 똥은 얌전히 양동이에 담겨 있었다. 건너편 바위에서 율리도 수달의 똥을 치우는 중이었다. 재이는 율리가 일을 마치고 떠날 때까지 조용히 기다렸다. 고무장갑을 헹구는 척 손을 물에 휘저으며 시간을 끌었다. 손전등을 끄자 눈앞의 바위가 어두워졌다. 재이는 조용히 양동이에 손을 집어넣어 아무도 모르게 수달의 똥을 다시 꺼냈다.

재이, 뭐해?

앞에서 율리 아줌마의 목소리가 들렸다.

다 했어요!

얼른 끝내고 이리 와.

네, 가요!

손에 든 똥을 바위에 도로 놓으며 대답했다. 똥을 살며시 눌러 오목한 곳에 밀어두고, 율리와 아줌마 쪽으로 몸을 일으켰다. 개는 이미 저만치 앞서가고 있었다. 재이는 남몰래 다시 갖다놓은 똥이 적어도 며칠 동안은 안전하길 빌었다.

전날 오후에 재이는 정확히 같은 곳에 서서 아줌마의 친구를 관찰했다. 냇가에 여름빛이 완연했다. 햇살은 한낮이 아닌데도 뜨거웠고, 가까이에서 벌레들이 날갯짓하는 소리로 귓가가 시끄러웠다. 바람에 떨어진 초록 이파리들이 물살에 실려 하류로 떠내려가고 있었다. 재이는 눈썹 위로 손그늘을 만들고 아줌마의 친구를 건너보았다. 타운하우스의 어른들도 언덕 위에 모여 아저씨를 주시했다.

아줌마의 친구는 흙빛 등산복 차림으로 바위 앞을 서성였다. 옆에는 커다란 정글도로 잡초를 베어주는 동료도 함께였다. 아저씨는 검정 라텍스 장갑으로 바위 곳곳을 쓸고 만졌다. 아저씨가 굵은 핀셋으로 대변인지 진흙인지 모를 덩어리를 집어 플라스틱 튜브에 넣자 동료가 지퍼백에 담아 연구실 이름이 크게 새겨진 크로스백에 집어넣었다. 좌표를 기록하려는 듯 노란 플라스틱 기기를 꺼내는 아저씨의 눈을 피해 재이는 나무 뒤편으로 가 조용히 그들을 염탐했다.

오는 길에 고깃집 하나 있던데.

동료가 새 지퍼백을 아저씨에게 건넸다.

나는 끝나고 들를 데 있어.

여자?

버스정류장에 내려줄게.

여기 사는 여자지?

아저씨는 작업을 마친 바위를 묵묵히 사진으로 남겼다. 둘은 짧지 않은 시간 동안 서로 떨어져 돌무더기와 풀숲을 뒤적거렸다. 핀셋이 몇 번이나 움직였다. 한참 앞질러간 아저씨가 허리를 숙이고 조용히 뒤를 힐끔거리는 모습이 재이의 눈에는 둘이 완전히 한통속이라기보다는 아저씨가 동료보다 한발 앞서 바위를 살피고 동료의 낌새를 엿보는 것처럼 보였다. 전에 재이가 그랬던 것처럼 혼자 찾아낸 수달의 땅굴을 가리고 서서 시간을 끄는 듯 보이기도 했다. 시원한 나무 그늘이 끝나고 양지바른 곳으로 나아갈 무렵 동료가 아저씨의 어깨를 잡고 다시 말을 꺼냈다.

근데 여기 사는 사람을 막 만나고 그래도 되나?

왜?

보는 눈이 많잖아. 저렇게 개발 찬성파랑 반대파가 맞붙어 있는데.

찬성파야, 그 친구는.

그러면 더 의심 사는 거 아니야?

그럴 일 없어. 여기는 내가 볼 테니까 좀 올라갈래?

저쪽은 너무 트여 있어서 영역 표시 안 할 텐데?

그래도 하는 척 좀 해. 여기 노인네들 성화가 장난 아니래.

동료는 대답 대신 아저씨의 등을 툭 치고 다시 멀어졌다. 진창과 돌바닥을 헤치고 재이가 살그머니 뒤를 쫓았다. 운동화가 다 젖었으나 산속 농막을 오르내리는 데 비하면 집 앞 냇가는 유치원 놀이터 수준이었다. 재이가 한쪽 무릎을 꿇고 능숙하게 갈대에 몸을 숨겼다가 헤엄치듯 걸어가 수양버들이 드리운 돌다리 위에 섰을 때 아저씨의 동료는 빈 튜브를 흔들고 있었다. 등뒤에서 돌연 큰 기척이 느껴졌다. 어느새 바로 뒤까지 훅 다가온 아저씨가 재이의 옷깃을 붙잡았다. 채 비명을 지르기도 전에 큼지막한 손이 덜미를 강하게 잡아챘다. 여태껏 경험하지 못한 위력에 재이는 숨이 턱 막히고 현기증이 났다. 빠져나오려고 몸을 비틀수록 거미줄에 걸린 먹잇감처럼 숨이 조여왔다. 수양버들 가지가 언덕을 가려 도움을 청할 어른들도 보이지 않았다.

 윽! 왜 이러세요!

 여기서 뭐하는데?

 이거 놔요! 저도 한편이라고요!

 집에 가라. 진짜로 혼나기 전에.

 아저씨가 경고와 함께 재이를 내려놨다. 예상치 못한 위협에 겁을 집어먹은 재이는 다시 붙잡힐세라 아저씨에게서 꽁무니를 뺐다. 돌다리를 건너서 매미 울음소리가 쏟아지는 나무 그늘을 내달렸다. 잠시 멈춰 서서 숨을 고르다 뒤를 돌아보았을 때 아저씨는 물에 손을 헹구고, 동료는 바위에 앉아 가방을 정리하고 있었다. 누가 쫓아오지 않는데도 재이는 멈출 생각이 들지 않았다. 언덕 위에 다다르자 이웃 어른들이 땀에 젖은 재이의 얼굴을 내려다보고 한두 마디 말을 건넸다. 오르막을 오를수록 아저씨와 동료는 점점 더 작게 보였다.

 평평한 아스팔트 바닥에 내려왔을 때 물에 젖은 반바지는 이미 다 말라 있었다. 발걸음이 흙탕물을 헤집고 달릴 때보다 무거웠다. 길 건너 큰길 입구 쪽에 율리가 보였다. 율리는 평소보다 단정한 옷을 입고 누군가를 찾듯 주변을 두리번거렸다.

 거기서 뭐해?

 나 아빠 만나는 날!

 율리는 큰 소리로 대답하고 재이의 뒤쪽 도로를 가리켰다. 작고 흰 차가 고가도로를 내려와 비상등을 켜고 다가왔다. 율리의 아빠로 보이는 남자의 차가 재이와 버스정류장을 지나쳐 딸 앞에 부드럽게 멈춰 섰다. 웃음 섞인 남자의 말소리가 들려왔고 율리가 차 조수석에 올라탔다. 재이는 차가 공터에서 유턴해 마을 입구를 벗어날 때까지 시선을 떼지 않았다. 떠나가는 차 유리창으로 아빠를 쳐다보는 율리의 뒤통수가 살짝 비쳐 보였다.

집으로 가는 안길은 보통 때처럼 차 한 대 없이 조용했다. 작은 창으로 거실이 반쯤 들여다보였다. 형이 소파 쿠션에 고개를 묻고 엎드려 있었다. 잠이 들었는지 미동도 없는 형의 몸 위로 선풍기 바람이 느릿하게 지나다녔다. 형을 지나쳐 옆집 마당을 기웃거리는데 멀리서 아줌마가 재이를 불렀다. 아줌마는 뒤편 공용 주차장 통로에서 손을 흔들고 있었다. 더는 사용하지 않으려는지 안방의 간이침대를 밀어 재활용 쓰레기장으로 옮기는 중이었다.

율리는 아빠 만나러 갔는데. 아줌마랑 기다릴래?

아줌마가 손으로 허리 뒤를 받치고 말했다. 바로 옆에는 익숙한 수액 걸이도 나와 있었다. 햇살을 받은 수액 걸이는 방에서 봤을 때보다 높이가 낮고 낡아 보였다. 손때가 묻은 기둥과 바퀴 이음매가 부식된 것처럼 옅은 갈색을 띠었다. 재이는 까치발을 들어, 율리가 병원 놀이를 할 때면 수액을 거는 척 만지던 거치대를 쓰다듬었다. 코팅이 벗겨진 위쪽 표면이 오돌

토돌했다.

그건 이제 필요 없어.

아줌마가 수액 걸이를 빼앗다시피 낚아채 멀리 밀었다. 아직 쓸 만하다고 말하듯 바퀴가 쓰레깃더미를 향해 매끄럽게 굴러갔다.

재활용 쓰레기장에는 눈에 익은 물건들이 널브러져 있었다. 헌옷 수거함 옆에 세워둔 철제 수납장, 가습기, 그리고 플로어 램프 모두 아줌마의 안방에서 나온 물건들이었다. 재이는 아줌마를 도와 가구를 한곳에다 정리하면서 침대 시트에 스며든 디퓨저 향기를 맡았다. 주차장 구석은 아줌마의 작은 병실을 야외로 옮겨놓았다고 봐도 무방했다.

자판기 잡화점 쪽에서 어른들이 이쪽을 향해 뭐라고 말하는 소리가 들렸으나 아줌마는 눈치채지 못한 듯했다. 목에 쌍안경을 건 이웃집 할머니들이 자판기 앞에서 비타민 음료를 뽑고 있었다. 분홍 머리 할머니와 흰머리 할머니가 주차장을 가로질러 가까이 다가올 때까지 아줌마는 눈길 한 번 주지 않고 짐을 정리했다.

그걸 다 버려?

분홍 머리 할머니가 말을 걸었을 때에야 비로소 재이는 아줌마가 일부러 못 들은 척하고 있었다는 사실을 알아챘다. 할머니의 참견이 이어졌다.

이제 일 안 할 거야?

해야죠. 일을 안 하고 어떻게 먹고살아요.

그럼 뭐해서 돈을 벌려고?

아줌마는 대답 대신 조명에서 전구를 돌려 뺐다.

취업도 할 수 있을 때 해야지. 어떻게 해서든 다른 병원에 자리잡아. 딸애를 생각해서.

예에.

아줌마가 침대 시트를 구겨서 헌옷 수거함에 넣었다. 고무줄에 묶인 주삿줄을 수액 걸이 밑에다 대충 던진 다음에는 재이의 손을 잡고 내빼듯 걷기 시작했다. 둘은 버려진 주삿줄을 살펴보는 할머니들이 보이지 않을 때까지 빠른 속도로 걸었다. 재이는 맞잡은 손을 흔들며 아줌마를 올려다보고 물었다.

풀숲으로 가요?

이렇게 더운데? 그냥 할머니들이 귀찮게 하니까 멀리 돌아가는 거야.

아줌마는 제일 안쪽 골목에 다다라서야 걸음을 늦췄다. 재이의 집과 똑같은 타운하우스 다섯 채가 나란히 늘어서 있었다. 창문 위까지 보기 싫게 덤불이 자란 집 앞에서 아줌마가 담배를 꺼내 물었다. 끄트머리에 불이 붙은 담배에서 가느다란 연기가 뻗어나와 하늘로 올라갔다. 아줌마가 손부채질을 해 재이와 먼 쪽으로 연기를 쫓아냈지만 냄새는 연기와 상관

없이 사방에 퍼졌다.

엄마는? 집에?

네.

당연한 걸 물었네. 근데 왜 나와 있어? 아줌마 집으로 갈래?

미지근한 땀방울이 이마를 타고 흘러내리자 아줌마가 다정한 손길로 재이의 땀방울을 닦아주었다. 시원한 민소매를 입어서 그런지 아줌마는 땀을 별로 흘리지 않았다. 아줌마가 남의 차 유리를 거울 삼아 머리를 고쳐 묶는 동안 재이는 아줌마의 어깨에 그려진 물결과 숫자들을 바라보았다. 율리가 태어난 날을 기념하는 숫자들. 엄마는 왜 몸에 숫자를 새기지 않았을까. 안길을 걷는 내내 재이의 눈길은 아줌마의 작은 숫자들에 머물렀다. 진녹색 숫자들이 해를 받아 평소보다 선명했다.

청소중이라 더럽다.

현관문을 열면서 아줌마가 말했다. 발등으로 대강 밀어준 실내용 슬리퍼가 문간에 삐딱하게 놓였다. 재이는 먼저 들어간 아줌마 뒤에서 슬리퍼를 돌려 발을 집어넣었다.

율리네 집은 에어컨을 틀어놓지 않아 바깥보다 습도가 높았다. 창으로 들이치는 햇살에 닿은 먼지들이 거실을 떠다녔다. 아줌마가 물걸레 청소포를 밟고 집안 구석구석을 닦을 때마다 안방의 환자용 가구를 밀어 옮긴 자리에서 까만 먼지가 묻어

나왔다.

　재이는 소파 쿠션에 놓인 아이패드를 집어들었다. 화면을 켜고 게임을 하면서 눈으로는 계속 아줌마를 좇았다. 아줌마는 핸드폰을 수시로 들여다보며 집안을 돌아다니더니 한동안 서서 긴 통화를 했다. 말을 멈출 때면 잠깐씩 스케이트 밀듯 걸레를 밀었고, 그러다 부엌으로 이동해 인스턴트커피를 꺼냈다.

　커피 마셔봤니?

　통화가 끝났는지 아줌마가 재이를 향해 물었다. 마셔본 적이 없었지만 고개를 끄덕였다. 아줌마가 얼음을 컵에 넣고 티스푼을 휘젓는 동안 창밖에 커다란 차가 지나갔다. 재이는 주차장이 보이는 방향으로 식탁 의자에 앉았다. 오래된 차가 속도를 줄이며 내는 녹슨 브레이크 소리가 창가를 스쳐갔다. 커피를 받아들고 향을 맡는 동안에도 창밖은 주차장의 차 소리로 어수선했다. 통통거리는 엔진음이 꺼지고 얼마 뒤 보폭이 작은 여자의 하이힐 소리가 지나갔다. 아줌마는 핸드폰을 확인한 다음 커피를 몇 모금 마시고 몸을 의자에 기댄 채 천천히 눈을 감았다.

　아저씨 기다리세요?

　재이의 말에 아줌마가 눈꺼풀을 들어올렸다.

　어떤 아저씨?

　율리 아빠요.

얘는, 무슨.

그러면 아줌마 친구? 제가 볼 때 그 아저씨는 나쁜 사람 같던데요.

아줌마는 입을 가리고 웃기 시작하더니 의자 등받이에 붙였던 몸을 앞으로 바짝 당겼다.

그 아저씨, 왜? 어디가 나쁜데?

그냥요. 친절하지 않고 무서워요. 다른 친구를 사귀시는 건 어떨까요?

글쎄. 남자 문제는 다른 남자로 해결하는 게 아니거든.

그런가요?

재이는 집에 남자 어른이 있었으면 좋겠니?

아줌마의 말에 재이는 할아버지를, 집에 돌아오지 않는 아빠를 생각했다. 남자 어른과 여자 어른의 사랑이 따로 필요한지, 두 사랑이 다른지를 생각했다.

너는 독립적인 애잖아.

아줌마가 말했다.

그게 무슨 뜻이에요?

음, 어른스럽고, 의젓하고, 혼자서도 잘한다, 그런 말이지.

우리 엄마가 그래요?

내 생각도 그런데?

재이는 새가 부리로 물을 마시듯 입술을 내밀고 춥춥 소리를 내며 커피를 홀짝였다. 처음 마셔본 커피에서는 물속의 흙 맛이 났다.

아줌마, 우리는 한 팀이죠?

그럼, 한 팀이지.

아줌마는 웃는 얼굴로 다시 핸드폰을 확인했다. 또다른 자동차 소리가 부엌 창을 통해 집안으로 들어왔다. 이번 차는 엔진소리가 요란했다. 주차장 입구로 들어온 차가 커브를 돌아 자판기 쪽으로 천천히 멀어졌다. 재이는 소파로 되돌아가 초인종이 울릴 때까지 가만히 기다렸다. 뒷마당에 묶어둔 개가 반기는 투로 짖어댔지만, 차문은 오 분이 넘도록 열리지 않았다. 차 주인은 이웃 사람들의 눈을 경계하듯 적지 않은 시간을 끌었다.

아줌마의 친구는 직접 뒷문을 열고 조용히 들어왔다. 재이는 아저씨가 아줌마와 인사하고, 신발을 벗고, 싱크대 물로 손과 목을 씻는 모습을 응시했다. 아저씨는 둘 사이에 아무런 사건이 없었던 것처럼 재이를 대했다. 소파까지 와서 재이의 머리를 헝클어뜨리고 아줌마에게 돌아갔다. 아줌마가 부엌 창문을 닫았다.

어때? 괜찮아?

잘 치워놨던데? 오늘 돈 곳에서는 안 나왔어.

아저씨는 재이가 남긴 커피를 단번에 들이켰다.

너구리하고 오리 대변이 많더라. 그놈들 것만 좀 채취했어.

그건 괜찮아?

멸종 위기 등급이 낮잖아. 그런 애들은 이런 곳이 없어져도 잘 사니까. 대신 밤에는 조심해. 주변에 새끼라도 있으면 꽤 난폭하거든.

재이는 창가로 다가가 주차장을 살폈다. 공용 주차장에 아저씨의 차를 오래 세워두는 건 좋지 않은 생각 같았지만 어른들은 그다지 개의치 않는 눈치였다. 아저씨와 아줌마는 나란히 다리를 꼬고 앉아서 의자 등받이에 등을 쭉 기댔다. 아줌마가 물었다.

차라리 수달을 싹 잡으면 안 돼?

어떻게?

방법이야 고심하면 뭐.

걔들이 몇 마리인 줄 알고? 일주일 안에 재조사 나올 거니까 그때까지만 제대로 해. 이번 결과 들으면 사람들이 수달을 찾는다고 더 난리 피울지도 몰라.

버드나무 아래는 제 담당이에요. 그러니까 걱정하지 마세요.

재이가 소파에서 일어나서 다가가 말했다. 팀의 대장에게 조금 전의 오해를 풀고 화해의 손길을 내밀기 위해서였다.

진짜 다른 집 애를 끌어들인 거야? 애 엄마는 반대파에 붙었다면서.

나도 같은 팀이라니까요? 그쵸?

재이는 당당하게 어깨를 펴고 아줌마를 보았다. 아줌마가 고개를 끄덕였다.

얘 엄마는 뭐해? 야, 팀은 네 엄마랑 먹어야지.

예상치 못한 아저씨의 반응에 재이는 부끄러움을 감출 수 없었다. 신경쓰지 말라는 듯 아줌마가 어깨를 어루만졌고, 아줌마의 곁눈질을 받은 아저씨가 취소 버튼 누르듯 재이의 등을 툭툭 쳤지만, 마음이 풀리지는 않았다. 재이는 다시 소파로 돌아왔다. 집안 공기는 아저씨가 들어오기 전과 다를 것 없이 조용하고 평화로웠고 괜한 호의를 내민 재이의 마음만 시끄러웠다.

아줌마가 커피잔을 식탁에 내려놓자 머리카락이 동그란 볼에 부드럽게 떨어졌다. 고개를 살짝 기울인 채 아줌마를 바라보던 아저씨가 아줌마의 의자 등받이에 팔을 걸쳤다. 끼익하는 소리와 함께 두 의자가 조금 가까워졌다. 아줌마가 흘러내린 머리카락을 다시 귀에 걸고는 장난기 가득한 눈으로 아저씨의 얼굴을 훑어보았고, 아저씨는 눈썹을 치켜올리며 의뭉스러운 미소를 지었다. 책과 영화를 통해 재이는 이미 알았다. 그런 눈빛을 보낸 다음 어른들이 어떤 일을 벌이는지를. 둘을 위해 자리를 피해야 할 때였다.

전날 오후에 있었던 일을 생각하며 재이는 까만 하늘을 올려다봤다. 늦은 밤에는 풀벌레가 매미처럼 소리 높여 울었다. 간간이 산비둘기와 개구리가 내는 소리가 풀벌레의 울음소리와 어우러졌다. 나무가 만든 기다란 터널 속에서 아줌마가 흐르는 물을 철벅철벅 거슬러올라갔다. 개와 율리는 재이 앞에서 아줌마를 뒤따르고 있었다.

새로운 똥을 발견하자마자 재이는 분주하게 움직였다. 먼저 장갑 낀 손으로 똥덩어리를 들어낸 다음 물에 버리는 척 조심스럽게 양동이 안에다 숨겼다. 비릿한 생선 찌꺼기도 긁어서 함께 담았다. 냇가에서 가장 눈에 띄는 곳에 똥을 올려놓기 위해 목에 건 손전등을 비춰 주변을 탐색했다. 멀리 부들이 자란 땅에 시상대처럼 나란히 솟은 바위가 보였다. 재이는 이유 없이 자신을 함부로 대하는 아줌마의 친구에게 마땅한 이유를 만들어주기로 했다. 그의 계획에 커다란 실패를 안겨줄 생각이었다. 동시에 이 새로운 계획은 숲속에 사는 친구들을 돕는 일이기도 했다. 못과 컨테이너를 생각하자 거짓말처럼 모든 두려움이 가셨다. 하지 않을 이유가 없었다.

재이는 바위에 두번째 똥을 올리고 도둑숨을 훅 내쉬었다. 성공적으로 안착한 수달의 똥이 달빛에 존재감을 드러냈다. 당장이라도 땅굴에 숨은 수달을 모조리 불러모아 내가 너희들의 영역 표시를 부활시켰노라 떠벌리고 싶을 만큼 완벽했다.

까치발을 들고, 저만치 앞서가는 율리와 아줌마의 위치를 확인했다. 두 사람은 개를 따라 앞만 보고 걸어갔다. 거리가 꽤 벌어져 물살을 가르는 발소리마저 희미했다.

손전등 스위치를 끄자 마침내 익숙한 평화가 찾아왔다. 물도 나무도 검고 어두웠으며 주변의 모든 것이 같은 공간에 존재하지 않는 듯 점점 지워져갔다. 재이는 사라져가는 흔적 하나하나를 기억에 의지해 다시 복원했다. 풀잎과 바위, 바람에 흔들리는 갈대와 수양버들의 잎사귀, 책장처럼 겹겹이 이어지는 나무우듬지와 산의 능선들…… 눈에 보이지는 않았으나 재이는 이제 눈을 감고도 컨테이너가 있는 방향을 알 수 있었다. 산을 타고 내려온 못과 작물들의 냄새가 냇가의 흙냄새와 뒤섞여 무겁고 진득하게 떠다녔다.

처음 수달의 땅굴을 발견한 물푸레나무가 가까이 느껴졌다. 요즘 물가에 서면 재이는 누구보다 이기적이고 탐욕스러워졌다. 물과 모래와 나무, 그리고 그곳에 사는 작은 존재들을 누구에게도 빼앗기지 않고 혼자서 가지고 싶었다.

물푸레나무 그루터기에 기대앉는데 새 한 마리가 바닥을 통통 튀어왔다. 작은 어치는 날지 않고 나무뿌리 근처를 돌아다녔다. 한밤중에 새라니. 나를 구경하려고 나온 거야? 재이는 입술을 내밀고 조용히 새 울음소리를 냈다. 새를 유혹하려면 어떤 소리를 내야 하는지도 모르면서, 새가 알아주기를 바라는 마음으로 작게 입바람을 불었다. 어치가 머리 근처로 날아와 냄새 맡듯 고개를 움직였다. 파르르 떠는 작고 무방비한 몸을 가만히 바라보는 일은 재이의 마음에 간질간질한 무언가를 심었다. 새끼손가락을 뻗어 어치의 목덜미 아래에 가져다 대자 새의 몸통이 재이의 숨결을 따라 부드럽게 부풀고 가라앉는 게 느껴졌다.

재이는 풀밭에 모로 누워 몸을 옹송그렸다. 시원한 기운이 옆구리에서부터 등과 목을 타고 퍼지듯 올라왔다. 어둠에 적응한 눈은 손전등으로 비출 때보다 시야가 넓어졌다. 흙바닥에 몸을 더욱 파묻고 쉼없이 형태를 바꾸는 물살을 내려다보았다. 숲의 못을 거쳐 갈래갈래 흩어져 내려왔을 물줄기를 보며 재이는 물이 강과 바다를 건너 다시 이 자리로 돌아오려면 얼마의 시간이 걸릴지 헤아려보았다. 누군가 일부러 빼앗지만 않는다면 이 변함없는 힘은 재이가 아는 사람이 전부 떠난 뒤에도 영원할 것 같았다. 바위를 타고 흘러내린 물이 풀숲을 향해 떠나갔다. 잎사귀도, 어치도, 물벌레와 물고기 들도 물을 따라 서서히 재이에게서 멀어졌다.

정말 돌아올까?

몸을 일으키며 재이가 중얼거렸다. 두 손을 모아 다가오는 물을 가두고 손가락을 오므렸다. 마음이 원하는 대로 변할 수만 있다면 재이는 물이 되고 싶었다. 아니, 발아래 흙, 돌, 바위, 모래 한줌에 뿌리를 내리고 서서 가만가만 흔들리는 풀과 나무. 시들고 부서져 영원하지는 않을지언정 획획 변하지 않는 생명력을 가진 것, 포크가 아닌 것……

재이는 한 덩어리로 모인 어둠 속에서 잠시나마 손에 닿은 것들과 하나로 이어진 듯한 기분을 느꼈다. 그러나 동시에 소리 없이 흔적을 지우는 발자국처럼, 물무늬처럼, 떠내려가는 나뭇잎처럼, 자신이 사랑하는 풍경이 조금씩 흩어지고 사라져간다는 사실, 그래서 앞으로도 영영 아무것도 가질 수 없을 거라는 당연한 사실을 실감했고 그러자 조금 허전하고 슬퍼졌다.

\*

비가 내렸다.

잠시 내리고 마는 소나기가 아니라 여름내 부족했던 비를 보충하듯 부어대는 비였다. 창밖으로 컴컴한 구름들이 하늘을 꽉 메웠고, 지붕을 두드리는 빗방울 소리가 며칠간 끊이지 않고 이어졌다.

비가 조금 잦아든 주말, 재이는 살짝 열린 형의 방문을 손가락으로 슥 밀어보았다. 형은 다리를 대자로 뻗고 누워 낮잠을 자고 있었다. 밖으로 나가기 위해 아래층 거실을 확인했다. 소파에 누운 엄마가 재이의 발소리를 듣고 몸을 뒤척이더니 긴 숨을 내쉬었다. 재이는 앉은 듯 누운 엄마의 구부러진 몸과 벌써 몇번째인지 똑같은 영상을 반복 재생중인 스마트폰 화면을 살금살금 훑었다. 엄마는 깊은 잠에 들었는지 재이가 다가온 걸 알아채지 못했다. 재이가 방에서 옷을 갈아입고 다시 내려와 핸드폰 화면을 끄고 얼굴 앞에 손을 흔들어대도 비스듬한 자세 그대로 잠에서 깨지 않았다.

  식구들이 낮잠에 빠진 것을 확인한 재이는 마침내 그린벨트 숲으로 향했다. 빗방울에 씻긴 바위들이 갓 청소를 마친 것처럼 깨끗했다. 재이가 되살려놓은 영역 표시 역시 흔적도 없이 사라졌다. 율리 아줌마의 말이 맞았다. 아줌마는 비를 새 아르바이트생으로 뽑았다는 농담을 남기고 한동안 냇가를 청소하지 않고 있었다.

  빗소리는 산에 오르자 다시 요란해졌다. 경사진 밭에 나와 있는 여자가 보였다. 이랑 한 귀퉁이가 무너져 실개울을 가로막은 상태였다. 경로를 이탈한 물이 작물 사이를 가로질러 재이의 발치까지 흘러왔다. 여자는 쓸려내려온 흙을 삽으로 치우고, 개울 바닥을 깊이 파 양옆에 두둑이 쌓았다. 다시 물꼬가 트여 물이 바르게 흘러간 뒤에도 여자는 손을 쉬지 않았다. 고랑을 파내고, 천막을 덮고, 바닥에 떨어진 열매를 작은 수레에 담았다. 재이도 여자를 도와 발밑에 넓은 물길을 냈다. 넘어진 지주를 세우고 나풀거리는 천을 묶으면서는 제법 컨테이너에 사는 농부가 된 듯한 기분이 들었다.

  빗방울이 굵어질수록 하늘은 색을 잃어갔다. 어느새 하늘과 구름이 모두 하얗게 변한 채 부연 안개를 산등성이로 내려보냈다. 나무와 나무 사이에서 흰 안개를 거스르는 어둠이 조용히 모습을 드러냈다. 검은 그림자가 경사면에 서서 재이와 여자를 내려다보고 있었다.

  여자가 하던 일을 멈추고 걸어와 재이의 손에서 도구를 뺏으며 등을 밀어냈다. 작정하고 떠밀면 아홉 살이 당해낼 도리가 없었다. 재이는 굳이 저항하지 않고 컨테이너로 가는 샛길에 들어섰다. 장대비 속에서 좁은 샛길에 어깨를 들이밀면서 나무줄기를 헤쳐나갔다. 빗줄기가 잎이 무성한 나무를 뚫고 온몸을 때렸다. 샛길 출구에 다다랐을 때 컨테이너로 걸어가는 남자애의 뒷모습이 보였다. 마을에서 올라왔는지 품에 안은 비닐봉지에 치킨 상자가 담겨 있었다. 재이의 기척을 느낀 아이가 잠시 멈춰 서더니 치킨이 든 봉지와 콜라를 흔들었다.

  못은 이상하리만치 고요했다. 물바다가 되었을 거라는 예상을 비웃기라도 하듯 물은 못의 가장자리에서 넘실거리고만 있었다. 희뿌연 안개가 밑동을 감고 퍼져 나무줄기들을 모두 가렸다. 안개 속에서는 밭을 지키는 파수의 휘파람도 산산이 부서졌다. 빗소리와 물줄기 소리마저 부연 장막에 삼켜진 듯했다. 알 수 없는 무언가가 드르륵 나무줄기를 긁어대는 소리만이 귓가를 자극했다.

이런 날씨에는 돌아다니지 말랬는데.

남자애가 걱정스러운 투로 입을 열었다.

너 지금 무섭지?

재이가 물었다.

겁쟁이네? 난 하나도 안 무서워.

그 순간 안개를 뚫고 작은 그림자가 고개를 내밀었다. 끼야악, 재이가 앙칼진 비명을 질렀다. 처음 보는 삐죽한 그림자의 정체는 비에 쫄딱 젖은 아성체 너구리였다. 재이의 새된 비명이 무색하게도 인간을 마주친 어린 너구리가 더 겁에 질려 있었다. 재이와 남자애는 긴장이 풀려 서로를 보고 신나게 웃었다. 그 소리에 너구리가 몸을 부르르 떨더니 갑자기 모로 누워 기절한 체했다. 두 사람은 거의 같은 타이밍에 다시 눈빛을 주고받았다. 재이가 턱으로 치킨 봉지를 가리켰다.

그거 줘볼까?

그래도 되나?

이리 줘봐.

재이는 작게 살점을 뜯어 너구리의 입 바로 앞에 내려놓았다. 눈을 꼭 감고 있던 너구리가 호기심을 참지 못하고 까만 코끝을 벌름거렸다. 연보랏빛 혀가 입안에서 슬쩍 나왔다 들어갔다. 그때 별안간 안개를 뚫고 나타난 새 무리가 재이의 머리 위를 스치듯 지나갔다. 놀란 재이와 남자애가 소리치며 허공에 흙을 집어던졌고, 그 바람에 너구리는 순식간에 안개 속으로 도망쳐 사라졌다. 너구리가 시야에서 숨어버린 후에도 젖은 땅을 밟는 발소리가 희미하게 주변을 맴돌았다. 차츰 가까이 다가오는 그 소리는 어린 너구리라기에는 점점 크고 묵직해졌다.

눈 깜짝할 사이에 풀숲에서 으르렁 소리가 덮쳐왔다. 두 소년의 심장을 할퀴고 납작하게 찌부러뜨리는 소리였다. 안개 너머로 비쩍 마른 들개의 실루엣이 나타났다. 처음에는 하나로 뭉쳐 보이던 흐릿한 형체가 곧 그림자가 분열하듯 하나씩 흩어졌다. 귀가 뾰족한 점박이 한 마리, 부스스한 털이 듬성듬성 파인 녀석 한 마리, 검정 도베르만 한 마리가 흰 장막을 뚫고 모습을 드러냈다. 우두머리로 보이는 점박이의 송곳니에서 거품 낀 침이 줄줄 흘러내렸다.

재이는 떨리는 손으로 치킨 상자를 집어 멀리 휙 내던졌다. 고수레를 가로막던 여자의 목소리가 들리는 듯했으나 이제 짐승에 관해서라면 자신도 조금은 안다고 자부할 수 있었다. 율리 아줌마가 키우는 검은 개처럼 간식거리를 던져주면 금방 관심을 돌리겠거니 싶었다. 그러나 기다란 주둥아리들은 성능

좋은 진공청소기처럼 게걸스럽게 치킨을 먹어치우고는 다음 먹잇감을 찾으며 눈을 부라렸다. 이제는 사람의 다리라도 뜯을 기세였다.

점박이가 재이를 홱 지나쳐 무언가를 덮쳤다. 원망을 담아 재이를 쳐다보던 남자애의 눈동자가 회까닥 위로 넘어갔다. 우두머리가 남자애의 운동화를 물고 흔들자 다른 개들까지 닭뼈를 내팽개치고 컹컹 짖으며 몰려들었다. 재이가 황급히 굵은 나뭇가지를 집어 휘둘렀으나 개들은 아무런 위협도 느끼지 않는 듯 살기등등했다. 세 마리가 동시에 사납게 뛰어다니며 입질을 해댔고, 신발이 벗겨진 남자애는 찢어지는 비명을 질렀다. 재이는 들개 무리를 향해 닥치는 대로 돌멩이를 집어던졌다. 돌조각이 나무줄기와 흙을 때리고 남자애의 살갗에도 스쳤지만 제대로 조준을 할 여유가 없었다. 퍽 둔탁한 소리가 울리더니 점박이가 고개를 세차게 흔들었다. 눈가에서 빗물에 섞인 핏물이 뚝뚝 배어나왔다. 다음 돌멩이를 집는 재이의 손이 주체할 수 없이 덜덜 떨리기 시작했다.

그때 홀연히 안개를 뚫고 반가운 휘파람소리가 들려왔다. 파수가 나타나자마자 재이는 힘이 풀려 돌을 떨어뜨리고 못의 가장자리로 뒷걸음질쳤다. 그렇게 무서운 여자의 얼굴은 처음이었다. 여자는 상황을 파악하려는 듯 검은 눈동자로 주변을 쏘아보다 바닥에 떨어진 닭 뼈와 치킨 상자에 눈이 멎었다. 이제 휘파람 대신 포효에 가까운 고함이 터져나왔다. 들개들도 사납게 발을 굴렀다.

돌아가! 빨리!

여자의 외침에 재이는 그제야 정신을 차렸다. 재이는 내리막길을 조금 내려가다 쓰러지듯 주저앉았다. 숨이 차고 다리가 풀렸으나 다시 몸을 일으켜 걸음을 재촉했다. 안개를 벗어나 밭에 도착한 뒤로는 머릿속이 뒤죽박죽이었지만, 또 주저앉으면 다시 일어서지 못할 것 같은 느낌에 남은 힘을 짜내서 앞으로 나아갔다.

밭은 어느새 키보다 높이 자라난 옥수수 때문에 어둡고 서늘했다. 줄기에 몸이 닿을 때마다 잎사귀에 맺혀 있던 물방울이 후두두 쏟아졌고, 귓가에서는 들개가 으르렁대는 소리와 파수의 포효가 환청처럼 들려왔다. 옥수수 줄기 사이를 헤치고 달려가면서 재이는 아이러니하게도 이 순간 자신이 포크가 되어버리면 얼마나 좋을까 생각했다. 그래서 그늘 속에 숨어버리면 아무도 자기를 찾아내지 못할 터였다.

이제 준비가 되었어요.

재이는 발을 딛고 서서 말했다. 숲에, 하늘에, 물줄기에 대고 외쳤으나 지레 겁에 질려 눈물이 찔끔 나고 찬 공기에 팔의 솜털이 삐쭉 서는 것 외에는 아무런 일도 일어나지 않았다.

엄마는 주방 다용도실에 서 있었다. 재이는 조금 떨어져서 뒷문 유리에 비친 자신의 모습을 바라보았다. 집을 나설 때와 달리 지치고 초췌한 아홉 살 아이의 모습이 보였다. 물에 젖은 머리카락은 해초류처럼 이마에 찰싹 달라붙었고 그새 움푹 꺼진 눈의 눈동자는 아직도 넋이 나간 듯했다. 흙탕물에 전 소매에는 사슬처럼 점점이 튄 거무스름한 핏방울이 유독 눈에 띄었다.

재이를 보지 못한 듯 엄마는 말없이 세탁 바구니에서 옷을 꺼냈다. 바구니에는 재이가 며칠 전에 또 손빨래를 깜빡하고 그대로 벗어둔 옷들, 그러니까 숲에 입고 갔다 흙탕물에 젖은 반바지와 양말 한 켤레가 들어 있었다. 재이는 엄마 몰래 욕실로 들어가 빗물이 뚝뚝 떨어지는 옷을 벗고 머리카락을 털었다. 꾀죄죄하고 겁에 질린 모습이 아니라 깨끗한 모습으로 엄마 앞에 설 생각이었다.

어휴, 이게 무슨 난리야? 우산은?

재이가 집에 들어온 걸 뒤늦게 알아챈 엄마가 욕실 문을 열고 들어오다 소스라쳤다.

어디서 놀다 왔길래 발이 그래?

재이는 발가락을 바닥에 비비적거렸다. 진흙이 잔뜩 끼어 발톱까지 새카맸다. 엄마가 욕실로 들어오더니 재이를 욕조에 집어넣고 샤워기 물을 틀었다. 재이가 샤워기를 들고 있는 동안 엄마가 손에 비누 거품을 묻혀 구석구석 발가락 사이사이에 낀 흙을 떼어냈다. 발톱의 흙은 손톱을 집어넣어 여러 번 긁어내야 떨어졌다. 엄마의 손길이 간지럽고 어색해서 재이는 괜히 발등에 샤워기 물을 쏘아댔다.

냇가에서 놀았어?

한기가 들어 부르르 떠는 재이를 수건으로 감싸주며 엄마가 물었다.

위험하게 논 건 아니지? 율리 아줌마도 같이 갔어?

욕조에 선 채로 재이는 고개를 끄덕였다.

너무 늦게 다니지는 마.

그 말에는 발가락을 꼼지락거리며 딴청을 피웠다. 그러고는 하얀 욕조 바닥에 남은 모래알들이 배수구로 내려가도록, 혹시라도 남아 있을 들개의 피가 씻겨 내려가도록 발바닥으로 욕조를 쓸었다. 그사이 엄마는 이미 욕실을 나서 거실로 향하고 있었다.

엄마.

멀어지는 뒷모습에 대고 엄마를 불렀다.

엄마, 엄마아아.

엄마가 멈춰 서서 재이를 돌아보았다.

밥 주세요.

벌써?

배고파요.

하나도 배가 고프지 않았지만 그렇게 말했다. 욕조에 서서 엄마가 시야 밖으로 사라지기를 기다렸다. 수챗구멍으로 흘러가는 물소리 때문일까? 왠지 눈물이 날 것 같은 기분에 천장을 보고 숨을 나눠 쉬었다. 물을 잠근 지 오래인데도 바닥에서는 빙글빙글 배수관을 타고 흐르는 물소리가 이어졌다.

부엌으로 나가자 식탁 위에 케이크가 놓여 있었다. 누구의 생일도 아닌데 엄마는 받침을 받친 잔에 사과주스를 따르고 빵칼을 꺼냈다. 생크림케이크 테두리를 빙 두르고 있는 건 설탕에 절인 마당의 살구 열매들이었다.

엄마는 케이크를 숭덩 반으로 갈랐다. 그러고는 피자처럼 여섯 개로 조각을 내 한 덩어리를 접시에 옮겨 담았다. 재이는 케이크를 손에 들고 한입 크게 베어 물었다. 부드러운 크림이 목구멍까지 밀려들어왔다.

체하겠다. 천천히.

엄마가 말했다.

무슨 일 있어?

입안이 꽉 찬 것을 핑계삼아 재이는 대답을 아꼈다.

괜찮은 거지?

답을 기다리던 엄마는 다시금 괜찮아? 하고 묻듯 재이의 손을 쥐었다 폈다 했다. 위에서 계단을 내려오는 형의 발소리가 들려왔다. 형이 바로 식탁으로 다가왔다.

재이는 말없이 케이크를 먹어치웠다. 한 조각을 해치운 다음 손가락에 묻은 생크림을 차례로 핥았다. 엄마는 젓가락으로 설탕에 재운 과실 조각을 집어 맛보았고, 형도 옆에서 케이크를 한입 오물거리면서 핸드폰을 했다. 창문 밖 하늘에서는 여전히 비가 쏟아지고 있었다. 주차장을 지나는 자동차들이 한 번씩 요란한 물보라 소리를 뿌렸다.

코로 먹냐?

형이 피식피식 웃으며 눈앞에 가져다댄 카메라 화면에 생크림이 콧구멍 한쪽을 거의 가리고 있는 재이의 얼굴이 비쳤다. 숨을 쉴 때마다 크림이 나풀거렸다. 맥없이 코웃음이 터지는 바람에 생크림이 날아가 형의 핸드폰에 톡 떨어졌다. 재이는 배를 잡고 웃었고 형은 더럽다고 액정을 벅벅 닦으면서도 쿡쿡 웃음을 참지 못했다.

재이도 가끔은 가족을 시시하게 생각하고 싶었다. 가족의 사랑을 당연한 것으로 여기고, 대수롭지 않게 여기고, 가끔은 또래들처럼 응석만 부리고 싶었다.

재이는 코에 묻은 남은 생크림을 떼어내 형에게 튕겼다. 더러운 거라도 피하듯 난리를 피우던 형은 소나기를 다 뿌린 여름 하늘처럼 언제 그랬냐는 듯 환히 웃었다. 더는 혼자서 가족의 눈치를 살피지 않을 것이다. 재이는 생각했다. 불안에 흔들리지 않을 것이고, 더는 관심을 끌기 위해 엄마의 목에 걸린 딸꾹질처럼 굴지 않을 것이다. 포크 따위 무시하고 남들처럼 평범한 아들, 평범한 동생이 될 것이다. 남들처럼……

 가을을 앞두고 뒤늦게 찾아온 두번째 장마는 정말이지 난감했다. 햇살이 쨍한 날에도 비는 계속 쏟아졌다. 내와 나무의 수분을 빨아들인 구름은 타운하우스로 몰려와 쉬지 않고 은빛 소나기를 뿌렸다. 재이는 '영화 보는 주말'이 아닌 날에도 가족과 영화를 보고 집안에서 시간을 보냈다. 율리 아줌마의 부업도 중단되었다. 밤의 청소부들은 일주일이 넘도록 물가 근처에 접근하지 못했다. 재이와 율리는 비 내리는 주차장에서 다시 스케이트보드를 탔고, 아스팔트 물웅덩이에서 장난을 치고 놀았다. 재이가 율리의 집에 놀러가는 날보다 율리가 재이의 집으로 놀러오는 날이 더 많았다. 방에서 핸드폰으로 유튜브 영상을 보고 있으면 엄마가 간식을 미끼로 둘을 식탁에 앉히고 책을 읽혔다. 재이에게는 밀린 독서 노트도 다시 채우게 했다. 엄마가 가지고 있는 교재로 영어를 공부하고 방학 숙제도 다 같이 모여 앉아서 했다.

 빗줄기가 약한 날 밤이면 재이는 아줌마가 손전등을 비추기를 기다리며 창문 앞을 떠나지 못했다. 냇물이 범람해 땅굴이 막히고 나무뿌리가 들뜨지 않았을지 걱정이었다. 뉴스 화면에 바닥이 침수된 집이라도 나올 때면 재이는 창을 열어놓고 숲 쪽을 바라보며 컨테이너 농막을 생각했다. 남자애가 다치지는 않았을지, 밭의 작물들이 쓸려내려가지는 않았을지. 그럴 때마다 재이를 안심시키는 건 못과 파수의 존재였다. 물을 가두는 못과 그런 못을 지키는 파수. 못과 파수를 생각하고 있으면 시간이 휙 사라졌고 나머지 시간은 너무나 길었다.

*

보이지 않는 뿌리를 내린 듯 영영 떠나지 않을 것 같던 비구름은 여름방학이 끝나갈 무렵 물러갔다.

비가 그치자마자 재이는 율리와 아줌마를 따라 서울 시내로 나갔다. 음식점이 즐비한 서울의 골목은 재이가 사는 마을과 다른 냄새가 났다. 이 나라 저 나라 음식을 파는 식당들에서 흘러나온 향신료 냄새가 골목 안을 퍼져나갔다. 재이 일행은 붐비는 인파에 휩쓸려 조금씩 차도로 떠밀렸다. 내리막길 모퉁이에 가판대를 펼쳐놓은 모자가게가 보였다. 가게 앞에 서서 안에서 나오는 에어컨 바람에 끈적끈적한 몸을 식혔다.

오랜만에 해가 강한 날이었다. 두 시간 전쯤 율리 아줌마의 차를 타고 마을을 빠져나올 때 완전히 갠 날씨는 오후가 되자 가스불을 켜놓은 찜통처럼 바뀌었다. 길 건너 소공원에 스케이트보드를 타는 누나들이 보였다. 누군가 보드를 타고 난간을 내려오다가 바닥에 넘어질 때마다 욕설과 웃음소리가 차도를 건너왔다. 재이와 율리는 잠시 아줌마가 일을 보러 간 틈을 타 누가 먼저랄 것도 없이 공원으로 달려갔다. 안쪽 분수대 계단에서 쉬고 있는 보더 무리도 시야에 들어왔다. 스무 살 남짓한 형들이 윗옷을 벗어던진 채 엎드려 해를 쏘이고 있었다.

공원의 붉은 땅바닥은 차바퀴에 파이고 긁힌 타운하우스 주차장과 달랐다. 계단과 난간, 심지어는 벤치들마저 스케이트보드를 위해 만들어진 것처럼 표면이 매끈했다. 재이는 형들과 조금 떨어져서 가로수에 몸을 기댔다. 어른스럽게 바지 주머니에 손을 찔러넣고 청바지의 캐릭터 자수가 가려지도록 짝다리를 짚었다. 선배 보더들은 마치 보드 위에서 헤엄치듯 팔을 흐느적거렸다. 난간을 타고 내려온 누나가 가로수로 다가왔고, 모자를 눌러쓴 형이 빈티지 캠코더로 그 모습을 찍었다. 누나가 균형을 잃고 미끄러지는 순간 보드가 혼자 재이의 발치까지 굴러왔다. 보드를 보내라는 손짓에 바로 바퀴를 밀어주려다 슬쩍 발을 올려보았다.

탈 줄 알아?

뒤쫓아온 형이 캠코더 렌즈를 들이밀었다. 재이는 쑥스러움에 입술을 깨물며 발을 굴렀다. 기분좋은 긴장감을 몸에 두르고 보란듯이 난간 앞을 질주했다.

재이가 스케이트보드에서 내려 율리와 함께 다시 공원을 빠져나온 건 꽤 오랜 시간이 지난 뒤였다. 조명이 환한 건너편 상점 안에서 율리 아줌마가 손을 들었다. 거친 페인트 벽 아래 공사용 나무 팔레트를 가구처럼 깔아놓은 상점에서는 옷과 운동화, 스케이트보드를 판매했다. 음악을 틀어둔 것인지 모자를 쓴 종업원이 고개를 까딱거리며 보드 데크를 손질하고 있었다.

상점을 나와 담배를 꺼내 무는 아줌마의 옆구리에는 스케이트보드가 안겨 있었다. 깨끗한 바퀴 사이에 난폭한 상어를 그려넣은 새 보드. 재이가 보드에서 눈을 떼지 못한 채 차도를 건너가자 아줌마가 선뜻 보드를 내밀었다.

재이 선물.

재이는 입을 벌리고 아줌마를 올려다봤다.

아줌마 일 도와줬으니까.

엄마, 나는?

율리가 아줌마의 바지를 잡아당겼다.

너는 똥 열심히 안 치우고 놀기만 했잖아. 다음 생일에 바꿔줄게.

재이는 스케이트보드에만 정신이 팔려 아무 말도 하지 못했다. 위에서 머리를 쓰다듬는 손길이 느껴졌다.

어서 받아. 받아도 돼.

내심 아줌마를 속이고 똥을 올려놓은 일이 마음에 걸렸으나 재이는 얼떨결에 투명 비닐로 팽팽하게 포장된 근사한 나무판자를 받아들었다. 공원에서 형들이 손뼉을 치며 큰 소리로 환호했다. 낯설고 요란한 축하 속에서 스케이트보드를 감싸안고, 비닐 위로 오돌토돌한 사포 발판을 쓸어보았다. 재이는 아줌마를 따라 길을 걷는 동안 보드에서 나는 접착제 냄새를 킁킁 들이마셨다. 이 새 물건의 냄새는 하나도 거슬리지 않았다. 오히려 달콤하고 중독적이기까지 했다.

아줌마가 일하는 햄버거가게는 도로변 건물 일층에 자리잡고 있었다. 체스판 같은 벽지와 정면에 보이는 선인장 화분들이 이국적인 분위기를 자아냈다. 커다란 스피커에서 흘러나오는 음악 때문에 사람들은 서로의 말을 듣기 위해 바짝 붙어앉아 음식을 먹었다. 사장으로 보이는 여자가 스탠드에서 아줌마를 반겼다. 재이와 율리는 기다란 스탠드 테이블 앞에 자리를 잡고, 높은 회전의자에 아줌마와 나란히 앉았다.

미나, 왔어?

아줌마에게 인사를 건네는 주방 안쪽에서 진한 고기 냄새가 풍겼다. 모자를 쓴 직원 둘이 패티를 굽고 감자를 튀기는 중이었다. 재이는 의자를 돌려 다시 홀을 돌아보았다. 해가 지기 전인데도 테이블마다 맥주잔이 놓여 있었다. 술과 시끄러운 음악 때문인지 어린이 손님은 재이와 율리뿐이었다.

오늘은 손님으로 온 거다?

주문 벨 소리에 아줌마는 자기가 쉬는 날임을 강조했다. 사장이 햄버거 접시를 들고 직접 서빙에 나섰다. 스탠드 테이블로 다가오면서 던진 말에 장난기가 묻어났다.

똥 치우기는 끝났어?

아직. 비 때문에 추가 조사를 못 나왔어.

그럼 돈도 못 받아?

아파트 시공 허가가 나야 돈이 들어온대.

그 남자랑은 어떡할 거야? 끝나도 만나?

잠시 주방 근처가 조용해졌다. 모두가 동료의 대답을 엿들으려고 일을 멈춘 것 같았다. 재이는 미나, 라는 아줌마의 낯선 호칭을 되뇌고 있었다. 엄마에게도 진희라는 이름이 있는데. 엄마에게도 딸, 엄마, 하고 부르는 세상 말고, 진희야, 하고 이름을 부르는 세상이 있었을 텐데. 지금도 있을까? 매일 엄마의 이름을 부르고, 포크로 변할 때마다 무사히 돌아왔다는 연락을 기다리는 세상이 존재할까? 아니면 짐이 되기 싫어서, 엄마 쪽에서 먼저 포기해버렸을까?

그사이 자리를 떠나는 사람들 때문에 출입구가 조금 산만해졌다. 사장이 홀에 나가 테이블 위를 치우는 동안 직원들은 주방 싱크대를 정리하느라 분주했다. 멀리서 의자를 테이블 아래로 밀어넣으며 사장이 다시 물었다.

같이 일만 하고 끝낼 거냐고.

아직 모르지.

죽으라는 법은 없다니까. 병원 잘리고 이런 식으로 돈을 벌어들일지 누가 알았겠어?

재이는 사장의 말을 듣다가 바로 뒤 테이블에서 취객이 의자를 드르륵 끌며 일어나는 소음에 슬쩍 고개를 돌렸다. 취객은 계산대 앞에서 플라스틱 라이터를 집어 흡연실로 들어갔다. 재이의 눈길이 취객을 따라 창밖을 지나가는 사람들과 자동차들로 옮겨갔다. 한 할머니가 유리창에 붙어서 가게 안을 살피고 있었다. 검은색 셔츠에 모래색 면바지 차림이 왠지 집에 있는 엄마와 닮아 보였다. 할머니는 이국적인 실내장식과 초저녁부터 술에 취해 흐느적거리는 손님들을 훔쳐보는 듯하더니 어느새 두 손을 눈가에 모으고 재이가 앉은 스탠드 자리를 뚫어지게 들여다보았다.

애들도 세트로 줘.

애들한테는 너무 많아.

오늘밤에 일하러 나갈 거야. 잘 먹여야지.

앞에서 사장의 시선이 느껴져 재이는 잠시 몸을 돌렸다가 다시 창밖에 신경을 집중했다. 창가에 서 있던 할머니가 보이지 않았다. 문을 열고 나가 인도를 둘러보고, 혹시나 하는 마음에 다시 가게 안을 살펴봤지만 할머니는 이미 사라지고 없었다.

 할머니가 간 곳은 햄버거가게 건너 작은 빵집 안이었다. 재이는 빵집에서 제일 가까운 가로수 뒤에 몸을 숨기고 서서 진열대 앞을 오가는 할머니의 뒷모습을 관찰했다. 냉장 칸에서 우유를 꺼내고, 창가 진열장에서 복숭아잼을 고르는 몸짓이 오랜 잠에서 깨어난 사람처럼 나른해 보였다. 할머니는 시식 접시에 담겨 있는 빵을 모두 한입씩 맛보고 다시 맨 처음 매대로 돌아가 옛날식 샐러드빵과 식빵을 트레이에 담았다. 재이는 빵집 안으로 들어가 입구의 아이스크림 냉동고 뒤편에서 서성였다. 할머니의 얼굴을 자세히 보고 자기와 닮은 구석이 있는지 확인하고 싶었다. 포크처럼 마른 몸과 낯익은 옷차림을 빼면 특별한 구석 하나 없는 할머니인데 재이는 말로만 듣던 외할머니를 찾아낸 것처럼 심장이 뛰었다. 할머니는 왜 하필 빵집에 들어왔을까? 왜 하필 엄마가 데워 마셨다는 흰 우유와 옛날 빵들을 사고, 또 하필이면 수많은 잼 중에 왜 복숭아잼을 골랐을까?

 그런 생각을 하는데 계산대에서 봉투를 받아든 할머니가 문을 향해 고개를 돌렸다. 그 순간 할머니와 눈이 딱 마주쳤고 목덜미의 솜털이 다 설 만큼 놀랐으나 재이는 천연덕스럽게 뒷걸음질쳐 빵집을 빠져나왔다. 빵집 문에 달린 종이 연이어 울려 슬쩍 뒤를 돌아보니 할머니가 재이를 찾기라도 하듯 주변을 두리번거리고 있었다. 아직 마음의 준비가 안 됐다고요. 재이는 그렇게 중얼거리면서 햄버거가게 앞을 지나쳐 쭉 걸었다. 그럴 리 없다고 생각하면서도, 진짜 할머니를 만나면 묻고 싶었던 것들을 하나씩 떠올려보았고, 가게들이 나란한 블록을 한 바퀴 빙 둘러 다시 햄버거가게로 돌아왔다.

가게 안은 다른 세상처럼 시끄러운 대화와 음악소리가 가득했다. 스탠드 테이블 위에는 재이를 위한 햄버거 세트가 준비되어 있었다. 어디 갔다 왔냐는 아줌마의 말을 듣는 둥 마는 둥 재이는 자리에 앉자마자 회전의자를 돌려 창밖을 힐끗거렸다. 차도에 푸른 버스가 멈춰 섰고 큰 개를 산책시키는 외국인 커플이 그 앞의 횡단보도를 지나갔다. 검은색 셔츠에 모래색 바지를 입은 노파는 어디에도 보이지 않았다. 부드러운 햇빛이 건너편 빌딩 위를 막 넘어가는 중이었다.

재이는 집 현관 벽에다 선물받은 스케이트보드를 세워놓았다. 율리와 아줌마는 작업 도구를 가지러 옆집으로 들어갔다. 세 사람은 옷을 갈아입고 바로 냇가로 나갈 계획이었다. 집안에서 고소한 기름냄새가 났다. 늦은 밤인데 엄마가 부엌에 서서 떡을 굽고 있었다. 예상치 못한 손님들이 함께였다. 흰머리 할머니와 분홍 머리 할머니가 식탁 앞에 나란히 앉아 서툰 손놀림으로 노트북 마우스를 움직이고 있었다.

냉랭한 분위기에 재이는 엄마의 표정을 살폈다. 노트북 위로 고개를 든 할머니들의 시선이 재이를 따라 엄마에게 향했다. 노트북 화면에서는 어두운 녹색 영상이 재생되고 있었다. 허연 실루엣의 율리와 아줌마. 냇물 위의 양동이. 카메라가 얼마간 두 사람을 따라 움직였고, 이어서 수세미를 든 재이가 화면 안으로 들어왔다.

카메라가 있는 줄은 몰랐겠지. 수풀에 숨겨놨으니까.

흰머리 할머니가 말했다. 어둠 속에서 무인 카메라 센서가 집요하게 재이를 따라다녔다. 옅은 회색빛 실루엣의 재이가 연신 바위 위를 닦고, 장갑을 비벼 이물질을 물에 흘려보내는 모습이 여과 없이 찍혀 있었다. 언제 찍은 영상일까? 어디까지 봤을까? 냇가의 풀이라면 이제 집안의 가구만큼 잘 안다고 생각했는데 몰래 자기를 찍는 카메라를 감추고 있었다니. 배신감과 부끄러움에 재이의 얼굴이 달아올랐다.

왜 그랬어, 재이?

엄마도 조금 난처해 보였다.

율리 아줌마가 시킨 거야?

그 말은 재이를 나무란다기보다 할머니들에게 해명하기 위해 한 듯했다. 분홍 머리 할머니가 재이를 똑바로 쏘아보고 말했다.

율리 엄마가 뭘 노리는지 우리가 모를 것 같아? 쪼끄마한

게 아주 발칙한 짓을 했어.

저는 잘 몰라요. 그냥 따라 한 거란 말이에요.

난처한 순간을 모면하려고 재이는 거짓 울음을 연기했다. 손으로 얼굴을 받치고 눈물을 훔치는 척 눈가를 비볐다. 가까이 다가오는 엄마의 슬리퍼 소리가 들렸다. 엄마는 재이의 팔을 붙들고 이층으로 올라갔다. 방문이 아래층에도 들릴 만큼 쾅 닫혔다. 재이를 침대에 앉히고, 엄마가 다시 기회를 주듯 물었다.

말해봐, 엄마한테.

똥을 다시 올려놨단 말이에요. 마지막에는.

재이는 억울함을 토로했다. 재이의 생각에 막판에 팀을 이탈해 벌인 행동을 알리면 오히려 칭찬을 들어야 마땅했다. 답답한 얼굴로 엄마를 올려다보는데 마침 벽지에 손전등 불빛이 깜빡였다. 율리의 신호였다. 불빛을 가리려고 침대에서 일어나 창가에 섰다. 엄마의 눈을 피해 등뒤로 열심히 손을 가로젓는데 율리가 두번째 신호로 마당의 잔가지를 주워 창문에다 던지기 시작했다. 틱틱. 작은 가지들이 높은음으로 유리를 두드렸다.

엄마가 모를 줄 알았어?

엄마는 커튼 뒤로 몸을 숨기고 창밖을 내다봤다. 율리 모녀가 재이를 두고 단지 안길을 빠져나가고 있었다.

핸드폰 내놔.

싫어요! 율리는 어차피 핸드폰 없단 말이에요.

엄마는 창턱에 손을 올리고 한참 동안 창밖을 내다보았다. 침묵 속에서 긴 시간이 흘러갔다. 엄마가 방문을 쾅 닫고 나가는 소리에 흠칫 몸이 움츠러들었다. 엄마는 계단을 바로 내려가지 않고 문 너머 재이의 동태를 살피듯 천천히 걸음을 옮겼다.

창밖을 내다봤지만 도로에는 이미 아무도 없었다. 엄마가 할머니들에게 알린다면 율리와 아줌마가 냇가에서 그대로 덜미를 잡힐 위기였다. 재이는 허둥지둥 옷장에서 겨울 이불을 꺼내 창밖으로 던졌다. 베개도 아래로 떨어뜨렸다. 몸을 반쯤 내밀고 아래를 내려다보니 바닥이 생각보다 멀었다. 시험삼아 창밖으로 연필을 던지자 한참 만에 이불 위로 떨어지는 느낌이었다.

아래층에서 뒷문 미닫이를 여는 소리가 들리더니 손전등을 든 할머니들이 밖으로 나왔다. 할머니들은 마당에 떨어진 이불을 보고 재이를 나무라듯 구시렁댔다. 이어서 엄마가 밖으로 나와 위를 올려다보았다. 엄마는 이불을 대강 개켜 집안으로 던지더니 할머니들을 따라 차도로 나갔다. 걸음을 서둘러 오히려 할머니들을 앞서가기까지 했다. 집으로부터 멀어지는 엄마의 생소한 뒷모습을 재이는 가만히 내려다보았다. 사라진 형을 찾을 때보다 더 멀고 낯선 곳으로 외출하는 엄마. 마침내 나—와 관련된 문제—를 위해 용기를 낸 엄마. 나쁘지 않은 기분이었다. 이 기분으로 침대에 누워 팔다리를 매트리스에 비비적대고 싶었으나 재이 역시도 용기를 내야 할 타이밍이었다. 엄마와 할머니들이 더 멀리 가버리기 전에.

 오랜 비에 토사가 무너져 오솔길 입구가 엉망이었다. 매일 그 길을 오른 재이조차 발끝을 디뎌가며 지반이 단단한 길을 찾아 걸음을 옮겨야 했는데, 엄마는 집에서 해온 스테퍼 운동이 이런 순간을 위해서였다고 말하듯 벌써 나무 언덕을 올라간 뒤였다. 언덕을 오를수록 짙어진 안개가 재이의 살갗을 감돌았다. 한낮의 더위는 간데없고 입에서 나온 김이 반짝이면서 멀리 흩어졌다.
 냇가의 흙길은 높이 불어난 물에 잠겨 있었다. 갈대의 키가 작아졌고 수초는 완전히 가라앉거나 누워서 나무줄기에 감겼으며 부러진 관목이 떠내려갈 듯 말 듯 격류를 견뎠다. 수면에 닿아 흔들리는 버드나무 잎 때문에 건너편이 제대로 보이지도 않았다.
 그러다 천벌받아!
 날카로운 목소리가 어둠을 깨뜨리듯 퍼졌다. 탁한 흙탕물 옆으로 서로의 손전등 빛에 휘감겨 마주서 있는 사람들이 보였다. 빛무리 속에서 율리 아줌마의 그림자가 기다랗게 움직였다.

각자 생각이 있는 거죠.

얼마 준다 하대? 어디 들어나보자. 대체 얼마를 준다기에 이런 쥐새끼 같은 짓을 해?

흰머리 할머니가 분홍 머리 할머니를 거들듯 환한 빛이 나오는 손전등 불빛을 아줌마 얼굴 앞에서 삿대질하듯 흔들었다.

요즘 공사가 옛날처럼 숲을 전부 헤집어놓고 그러는 줄 아세요? 내도 살리고 녹지도 살리고, 좋게 좋게 하는 거예요.

여기는 평생 이렇게 있으라고 내버려둔 곳이야. 저게 있으니까 이사온 사람들이 대부분인데!

한번 그린벨트는 뭐 영원히 그린벨트예요?

그래도 정도라는 게 있지. 남의 애까지 데려다가 이러면 어떡해?

엄마가 설전에 참전했다. 엄마의 손전등은 그래도 아줌마의 허리 아래를 향한 채였다. 검은 개가 물에서 나와 눈치 없이 컹컹 짖어댔다. 개는 무언가를 알리려는 듯 율리 아줌마와 할머니들 사이를 오가며 바둥거렸고, 흰머리 할머니가 엉겨붙는 개를 무릎으로 강하게 떨쳐냈다. 개의 깽깽거림 사이로 아줌마의 목소리가 섞여들었다.

저게 뭐야?

손전등 빛이 향한 진창에, 작고 까만 그림자가 고개를 처박고 있었다. 축 늘어진 꼬리와 등허리가 흙더미 위로 드러났다.

수달 아니야?

분홍 머리 할머니가 다가가 발끝으로 짐승의 몸을 툭툭 쳤다. 땅도 물도 아닌 곳에 엎드린 짐승은 미동도 하지 않고 제자리에 가만히 있었다. 모두가 짐승에게 정신이 팔린 사이 개는 혼자 털을 바짝 세우고 어쩔 줄 몰라했다. 컹컹 짖는 소리가 점차 낑낑대는 소리로 잦아들었다.

몇 걸음 앞 갈대숲에서 구슬픈 울음소리가 들렸다. 목이 쉰 듯한, 이미 살갗 깊숙이 굶주림이 각인된 듯한 소리에 재이는 고개를 천천히 돌렸다. 들개들의 냄새가 퍼지고, 축축한 발걸음소리가 다가오더니 부러진 갈대 사이로 점박이 개가 모습을 드러냈다. 뭉그러져 반쯤 감긴 눈이 재이를 바라보듯 정면을 향했다. 손전등 빛이 일제히 갈대숲을 비추자 경계심을 높인 점박이가 앞다리로 땅을 긁어댔다.

삐이!

재이가 입을 내밀고 숲에서 배운 소리를 흉내냈다. 그리고 나뭇가지를, 돌멩이를, 바닥에 놓인 율리의 수세미와 양동이를 마구잡이로 내던졌다. 엄마가 놀란 눈으로 쳐다보다 본능적으로 재이를 따라 돌을 집어던졌다. 다른 사람들도 손에 단단한 것을 쥐어 던졌다. 점박이가 돌 세례 속에 주둥이를 흔드

각자의 정원

는 사이 같은 무리의 개들이 나와 서로 짖어댔다. 의견이 맞지 않는지 앞다리로 마구 땅을 짓밟던 그림자들이 한 걸음 물러나 실성한 듯 지그재그 모양으로 어두운 냇가를 질주했다. 율리 아줌마의 검은 개는 여전히 제자리에 서서 겁에 질린 듯 몸을 떨었다.

사람도 물어뜯겠어.

흰머리 할머니가 말했고, 재이는 들개가 수달을 죽였을지도 모른다는 생각에 진창에 박힌 짐승을 살펴보았다. 몸집이 작은 새끼 수달이었다. 평소에는 잘 보이지 않던 새 무리가 주변을 서성였다. 새들은 사체 옆에서 젖은 흙을 쪼아댔고, 손으로 쫓아내도 점프하듯 날갯짓해 다시 근처로 내려왔.

사체의 목덜미에 손전등 빛을 가져다댔으나 들개의 이빨자국 같은 건 보이지 않았다. 그렇다면 누가 수달을 죽였을까? 재이는 자신이 수달의 똥을 찾는 일에는 전문가가 되었다고 생각했지만 정작 수달에 관해서는 아는 바가 거의 없었다. 혹시 날카로운 물건에 찔린 자국은 없는지 찾는데 문득 율리 아줌마 친구의 차에서 본 예초용 낫과 정글도 두 자루가 떠올랐다.

개는 그때까지도 빗물을 흘려보내는 배수로 출구에 버티고 서 있었다. 아줌마의 손에 잡혀 있던 목줄이 팽팽하게 당겨졌다. 아줌마가 목줄을 잡아당기자 개는 몸이 들리다시피하면서도 끝까지 앞발로 수로 안을 파헤쳤다. 갈라져 흐르던 물이 하나의 물줄기가 되어 세차게 쏟아졌고, 이내 어두운 덩어리가 물에 휩쓸려 내려왔다. 처음에 재이는 그 덩어리를 배수관이 다시 뚫리면서 토해낸 진흙이라고 생각했다. 그러나 수면 위로 떠오른 덩어리는 흙처럼 부서지지 않고 그대로 떠내려왔다. 가까이에서 보니 배가 보이도록 뒤집힌 수달이었다. 두번째 수달의 사체는 첫 사체보다 부패가 더욱 진행된 상태였다. 물컹한 가죽에서 나는 악취가 물가에 빠르게 퍼졌다.

이게 무슨 냄새야? 약 냄새 같은데?

분홍 머리 할머니가 율리 아줌마를 보고 소리쳤다. 듣고 보니 병원의 소독약 냄새와 비슷한 것 같기도 했다. 순간 어른들의 눈길이 한때 간호사였던 아줌마에게 쏠렸다. 아줌마는 개와 율리와 함께 수달의 사체를 등지고 배수로를 벗어나고 있었다. 재이는 갈대밭으로 향하는 아줌마의 뒷모습을 눈으로 좇았다.

기다려!

엄마가 달려가 아줌마의 티셔츠를 잡았다.

이거 설명하고 가. 우리 애 데리고 여기서 무슨 짓 했어?

내가 뭘? 이거 놓고 얘기해.

아줌마가 몸을 흔들어 저항했다.

안 놔?

여기서 애들이랑 뭐했어. 약은 뭐고, 저것들은 다 어떻게 된 거야?

언니 아들한테 물어보면 되잖아.

왜 자꾸 남의 애를 들먹여? 어린애가 뭘 안다고?

어리기는? 쟤도 알 거 다 알아.

이제 어른들은 동시에 재이를 쳐다봤고, 재이는 시선을 떨구었다.

밤마다 재이 나오는 거 진짜 몰랐어? 알면서 모르는 척 나한테 맡겨놓을 때는 언제고, 왜 이제 와 딴소리야?

엄마는 말이 없었다. 정말 다 알고도 내버려뒀다는 걸 인정하듯이.

엄마가 이러니까 애가 밖으로 도는 거야. 알아?

엄마는 대꾸하는 대신 싸움이라고는 한 번도 해본 적 없는 사람처럼 쓰러지듯 앞으로 몸을 던졌고, 손에는 계속 아줌마의 티셔츠를 움켜쥔 채로 아줌마를 밀어뜨렸다.

이거 놓고 얘기하라고!

이번에는 아줌마가 엄마를 잡고 흔들었다. 퍽 소리가 나도록 팔을 뿌리친 다음에는 엄마의 가슴팍을 밀쳤다. 엄마에 비하면 아줌마는 싸움에 익숙한 듯 보였다. 아줌마는 무릎으로 엄마의 몸을 눌러놓고, 그 위로 철퍽 엎드려 엄마의 멱살을 움켜쥐었다. 두 엄마는 서로 엉겨붙어 악을 쓰며 갈대밭을 나뒹굴었다. 한 사람은 멱살을 잡고, 다른 한 사람은 양손으로 머리카락을 잡아당겼다. 두 사람의 손전등이 데굴데굴 굴러 엉뚱한 곳을 밝혔다. 아줌마는 밤의 숲을 잘 알았다. 눈에 익은 어둠 속에서 아줌마가 몸을 일으켜 엄마를 누르기 시작했다. 할머니들이 아줌마와 엄마 뒤에서 중계 카메라를 든 것처럼 손전등 빛을 밝혔다. 양쪽에 서서 악악거리는 할머니들은, 집에서 불법으로 주사를 놓고, 툭하면 술에 취하고, 틈만 나면 남자를 갈아치운다는 말로 아줌마의 사기를 떨어뜨리고 엄마에게 힘을 보탰다. 악에 받쳐 팔을 내젓는 엄마를 바라보면서 재이는 엄마의 말과 행동을 되새기고 있었다. 남들에게는 독립적인 애라고 말하고 다니면서 자기를 어린애 취급하고, 말 한마디 받아치지 못하면서 아줌마의 입을 막겠다고 달려든 엄마. 조금 밉고 심술이 나서, 그래서 지금 엄마의 처지가 조금 고소하기도 했다.

그때 풀에 걸려 있던 두번째 수달의 사체가 재이의 발치로 떠내려왔다. 볼록한 배는 깨물리거나 베인 상처 하나 없이 깨끗했다. 얼굴을 자세히 보는 건 처음이었다. 들개처럼 뾰족한 이와 푸른 핏줄이 선 흰자위 두 개. 재이는 눈동자 없는 흰 눈이 자기를 쳐다보는 듯한 느낌이 들어 슬쩍 발을 옆으로 치웠고 수달이 발치를 지나 보이지 않는 곳으로 떠내려갈 때까지 고개를 돌리고 서 있었다.

옆에서 다시 날카로운 신음이 들렸다. 엄마는 여전히 아줌마 밑에서 몸부림치고 있었다. 조금 고소해했던 게 무색하게 계속 바닥에 깔려 발악하는 엄마를 보니 갑자기 짜증이 나기 시작했다. 재이는 자기도 모르게 달려가 아줌마를 밀치고 주먹을 휘둘렀다. 아줌마가 밀려나자 할머니들이 참았던 숨을 휴 내뱉는 소리가 들렸다. 엄마가 다시 힘을 내 아줌마에게 달라붙었고 이번에는 율리가 달려왔다. 율리가 재이의 목덜미를 붙잡더니 자기 엄마를 바닥에서 일으켰다. 엉겨붙은 그림자는 순식간에 둘이 되었다가 다시 하나로 합쳐졌다. 네 사람은 어둠 속에서 손을 뻗어 상대를 잡아당기고, 밀치고, 마구 흔들었다. 어른 둘과 아이 둘이 하나로 뭉쳐 뒹구는 바람에 갈대와 풀이 짓이겨지고 사방에 흙탕물이 튀었다. 재이의 몸이 누군가 휘두른 팔에 밀려나 물속으로 떨어졌다. 빗물에 불어난 세찬 물살 속에서 재이는 땅을 딛고 서려고 노력했으나 계속해서 헛발을 굴렀다. 사나운 물이 발을 쑥 잡아당기더니 몸 전체를 꿀꺽 집어삼켰다.

몸이 점점 무거워졌다. 차디찬 물속에서 귀가 먹먹해졌고 겨우 뜬 눈에 보이는 거라고는 어둠과 어둠 속에서 희미하게 비치는 모래 알갱이가 전부였다. 달빛도 손전등 불빛도 없었고, 손에 잡히는 수초도, 나무뿌리도 없었다. 흙을 잔뜩 머금은 물이 코와 입술을 쓸고 입안에 들어오자 납덩어리처럼 무거운 두려움도 함께 목구멍을 타고 내려갔다.

뒤엉켜 있던 이웃들이 마침내 손전등을 주워들고 황급히 수면 위를 비추었을 때 재이는 작은 땅굴이 숨겨져 있던 물푸레나무 근처를 지나고 있었다. 살려주세요. 물속에서 소리쳤으나 아무 소리도 나지 않았다. 물살이 너무 무거웠다. 몸이 내의 밑바닥에 부딪혀 떠올랐다가 다시 아래로, 아래로 쓸려내려갔다. 재이는 숨을 마시지도 뱉지도 못하는 채로 힘이 떨어질 때까지 팔과 다리를 바둥거렸다.

격류 속에서 재이의 몸부림이 잦아들었다. 몸이 더는 움직이지 않았다. 살에 닿는 싸늘한 한기가 사라졌고, 가슴을 찢을 것 같던 통증도 더는 재이를 괴롭히지 않았다. 아무것도 없었다. 눈물도, 웃음도, 빛도, 바람도, 냄새도, 맛도, 소리도…… 재이는 자신이 아는 어떤 것도 존재하지 않는 세계로 들어선 듯했다. 끝이 보이지 않는 어둠의 한가운데서 재이는 마침내 자기도 포크가 되어버렸음을 알았다. 아줌마의 말처럼 어른스럽고 의젓해서 아홉 살에 벌써 포크가 된 걸까? 포크로 변한 재이의 의식이 희미해져갔다. 재이는 어서 자신이 그저 물건처럼 바닥에 가라앉기만을 기다렸다.

그때 놀랍게도 마음 한편에 노란빛 기억이 밀려들었다. 여름 내내 상상해온 깊은 못의 세계, 이를테면 야자수를 닮은 옥수수 줄기라든가, 춤추는 물풀이라든가, 길 잃은 떠돌이 거북이, 쌍둥이 잉어, 새떼처럼 몰려다니는 송사리들의 모습이 마치 실제로 경험한 것처럼 생생하게 머릿속에 펼쳐졌다. 눈앞을 어른거리는 빛줄기들, 어느 악기로도 표현할 수 없는 덩어리진 물의 시끄러운 음악소리를, 재이는 그동안 얼마나 염원해왔던가?

물이 들어차 먹먹한 귓가에 어렴풋이 익숙한 소리가 들리기 시작했다. 수달의 울음소리 같기도 하고, 휘파람소리 같기도 했다. 재이는 포크 날 사이로 물을 흘려보내면서 어디선가 헤엄쳐오는 존재의 움직임을 느끼려 애썼다. 소용돌이처럼 거센 물살을 거스르고 다가온 실루엣이 흰 거품에 둘러싸인 채 모습을 드러냈다. 어떻게 알고 왔을까? 재이가 가장 기다려온 사람. 수달을 연구하는 학자이자, 비탈진 숲의 농부이자, 못을 지키는 파수는 천천히 다가와 가장 안전하고도 다정한 방식으로 재이를 붙잡았다. 몸을 감싸 화살처럼 밀려오는 물살로부터 재이를 보호했고, 미끄러지듯 옆으로 자리를 옮겨서 포크 손잡이를 움켜잡았다.

재이는 못의 가장자리에서 여자가 손을 잡아주었을 때와 마찬가지로 다시 물위로 끌어올려지리라는 걸 직감했다. 여자는 늘 그랬듯 단호한 몸짓으로 재이를 밀어냈다.

가지 마세요.

포크가 말했다.

같이 있으면 안 돼요?

힘주어 외쳤지만, 아무리 달려도 제자리걸음인 꿈을 꾸는 것처럼 아무런 소리도 나오지 않았다. 못의 물결을 닮은 손길이 우거진 풀 속으로 재이를 실어날랐다. 그 순간 재이는 엉뚱하게도 여자가 물속을 헤엄치는 것이 아니라 물의 일부로서 움직이고 있다는 느낌이 들었다. 습지의 그림자들이 물에 감응한 듯 모두 하나가 되어 움직였다. 끈끈한 풀이 팔을 잡아당기고, 흙이 몸을 감싸안고, 실 같은 나무뿌리가 다시 비탈로 떨어지지 않도록 다리를 붙잡는 듯한 느낌이었다.

이게 다 포크 때문이야.

재이는 생각했다. 언제나 포크가 되는 일을 생각하다보니 이토록 엉뚱한 상상을 하는 거라고. 물속에서 끝내 포크가 되어버린 것도 모자라 이제는 여자의 몸이 풀과 나무뿌리를 건드리는 물결처럼 보이는 지경에 다다른 거라고.

하지만 누군가 포크로 변하듯이, 어쩌면 누군가는……

날카로운 절규에 정신을 차렸을 때 재이는 따뜻한 품에 안겨 있었다. 머리가 멍하고 가슴은 찢어질 듯했으며, 목구멍을 타고 터져나오는 축축한 기침에서는 거친 흙맛이 났다. 얼굴 바로 위에서 숨을 헐떡이는 엄마의 목소리가 들렸다.

괜찮아. 엄마가 구했어. 괜찮아. 괜찮아.

엄마는 재이의 이마에 입을 맞추고 몸을 확 당겨 안았다. 엄마의 머리카락과 턱을 타고 굵은 물줄기가 흘러내렸다. 흠뻑 젖은 옷 아래 드러난 엄마의 피부에 닭살이 돋아 있었다. 진흙투성이가 된 재이는 물속에서와 마찬가지로 온 힘을 다해 옷소매를 움켜잡고 있었는데, 그건 힘껏 당겨져 찢어진 엄마의 셔츠 소매였고, 덜덜 떨리고 휘청이는 엄마의 두 팔이 물속의 풀과 나무뿌리처럼 재이의 몸을 감싸안고 있었다. 바위틈에서 왜가리가 날아오르는 소리에 놀란 개가 다시 이를 드러내며 짖기 시작했다. 보이지 않는 곳에서 들개들도 질세라 큰 소리로 울부짖었다. 개들이 짓밟고 다니는지 기다란 작물의 줄기들이 모로 누워 흔들렸다.

내가 구했어. 괜찮아.

엄마는 쉬지 않고 중얼거렸다. 재이가 주먹으로 쥔 옷소매를 흔들어 대답을 대신하는 동안 옆에서는 율리가 참지 못하고 울음을 터뜨렸다. 두 엄마는 아이들을 가운데로 모으고 밖에서 끌어안았다. 엄마와 아줌마의 팔이 재이의 등을 타고 이어졌고 네 사람은 다시 한덩어리로 엉겨붙어 조심스레 몸을 일으켰다. 혀를 내민 개가 느릿느릿 다가왔다. 개는 수색과 경계 임무를 동시에 수행하느라 안쓰러울 정도로 지쳐 있었다. 엄마와 아줌마, 율리도 마찬가지 기색이었다. 모두가 기운이 다한 얼굴로 가장 안쪽에 있는 재이를 바라봤다.

어른들은 물가를 벗어나기 위해 힘을 합치기 시작했다. 어떤 말도 필요하지 않았다. 엄마들이 아이들의 손을 잡았고, 할머니들이 땅에 떨어진 손전등을 집어들어 빛으로 길을 열었다. 재이는 풀이 무성한 채소밭을 지나 나무 언덕을 오르면서 어둑한 풍경을 돌아보았다. 혹시 여자가 있는지 물가를 두리번거렸으나 뱀처럼 꿈틀거리는 갈대와 버들가지들이 시커먼 장막처럼 서서 멀리 떠내려가는 물을 가로막고 있었다.

재이는 엄마의 손에 손깍지를 끼고, 앞서가는 아줌마의 등을 보며 걸었다. 별안간 엄마의 손톱 끝이 차고 날카롭게 느껴졌다. 포크가 되려는 걸까? 포크가 되는 법을 알아내겠다는 형의 실험들을 떠올리며 옆을 돌아보았지만 엄마는 곁에서 그대로 걷고 있었다. 아줌마 밑에 깔려 갈대밭을 뒹굴고 물에 뛰어드느라 몸과 마음을 전부 내던졌는데도 물에서 막 나온 재이를 끌어안았을 때처럼 엄마가 재이의 손을 꽉 붙잡았다. 재이는 그 순간을 오래오래 기억하기로 했다. 엄마에게 있어 영원히 사라지지 않는, 엄마의 이름을 부르는 할머니의 목소리나 복숭아잼을 졸일 때 떠다니는 달콤한 냄새처럼.

나무 언덕을 빠져나오자 환한 가로등 빛이 타운하우스 안길을 밝히고 있었다. 엄마의 손톱 밑에서 굳은 모래알들이 떨어져나왔다.

4부

각자의 영원

가을 날씨는 무더위와 비가 활개치던 여름날에 비하면 한없이 온순했다. 아침 바람이 창가에 맺힌 이슬을 흐트러뜨리면 투명한 태양이 물기를 바짝 말리는 듯 화창한 햇살을 내려보냈다. 방학이 끝난 재이는 매일 아침 할아버지가 사준 흰색 카디건을 걸쳐 입고 학교에 갔다. 새 학기 초반이라 다들 새로 산 듯한 옷을 입고 있었다. 다른 애들이 게임, 축구, 야구, 만화, 곧 있을 쪽지 시험 얘기를 할 때 재이는 교실 창가에 앉아 노랗게 물든 은행나무를 내려다봤다. 내심 다른 애들을 무시하는 마음이 일기도 했다. 방학에 숲에서 겪은 일들을 말한들 흥미를 보이는 애들이 얼마나 될까? 포크로 변하는 경험을 한 재이는 아주 다른 아이가 되었다. 말을 아끼고, 앞으로의 일을 더 많이 생각하고, 사람이 많은 교실이나 횡단보도를 건널 때면 긴장감에 멈칫거리기도 했다.

수업이 끝나고 복도에 서 있으면 옆 교실에서 율리가 나왔다. 둘은 예전처럼 함께 하교했다. 같은 버스를 타고, 앞뒤에 앉아서 종점인 타운하우스 교차로까지 돌아왔다. 대화는 거의 나누지 않았다. 사이가 아주 틀어진 건 아니었지만, 주먹질을 한 뒤로 평소처럼 지내는 게 어딘가 껄끄러웠다.

버스에서 내린 율리가 나무 앞에 멈춰 섰다. 담벼락 아래로 드리운 나뭇가지에서 통통한 애벌레가 기어내려왔다. 재이는 애벌레를 관찰하는 척 율리의 옆에 섰다. 애벌레가 이파리로 몸을 옮기는 순간 율리가 손가락을 튕겼고, 하필이면 토실토실한 벌레가 재이의 새 카디건 위로 떨어졌다.

미안.

율리는 별일 아니라는 듯 코에 손가락을 가져다대고 벌레 냄새를 확인하더니 앞장서 타운하우스 안길로 들어갔다. 재이도 굳이 율리를 잡지 않았다. 그저 율리가 건넨 작은 사과에 안도를 느끼고 가만히 옷을 털어냈다. 요즘 둘에게는 자연스러운 일이었다.

언덕 아래 냇가는 초록빛을 잃어갔다. 갈대가 옅은 갈색빛으로 쇠하는 동안 참나무의 낙엽이 오솔길을 자색으로 물들였다. 할머니들의 채소밭을 내려다보는 두 그루의 떡갈나무 사이에는 커다란 현수막이 걸려 있었다. '하천 생태계를 파괴하는 인산 질소 비료 및 농약 사용을 절대 금합니다'. 비료, 농약 네 글자는 풀숲과 어울리지 않게 새빨간 색으로 적혀 있었다.

지난 며칠간 재이는 같은 자리에 서서 냇가가 변해가는 모습을 지켜보았다. 형광 조끼를 입은 공무원들이 나타나 숲에 현수막을 걸자 타운하우스 노인들은 자기가 심은 농작물을 눈치껏 거두어들였다. 수확하기에는 조금 이른 나물과 무, 호박이 줄기째 뽑혀나갔다. 흙은 다시 주홍빛을 드러내고 하늘이 뿌리는 햇살을 온전히 받아들였다. 잡풀 사이에 슬쩍 남겨진 배추 모종만이 수풀 아래 숨어서 조용히 볕뉘를 흡수했다.

공무원들은 뜰채를 동원해 내에 떠다니는 부유식물을 건져냈다. 그물을 들어올릴 때마다 지나치게 번식한 수초가 한 바가지씩 딸려나왔다. 배수로에서는 수달의 사체가 한 마리 더 발견되었다. 연이어 모습을 드러낸 사체들은 아이러니하게도 그린벨트 냇가가 수달 서식지라는 사실을 세상에 알렸다. 마지막 사체 역시 농약에 중독된 듯 상처라고는 없었다. 수달은 사지가 굳은 채로 수초 더미와 함께 뜰채로 수거되었다.

산속의 못은 지난 계절의 모습과 거의 다르지 않았다. 잔물결이 여름과 엇비슷한 모양으로 너울거렸고, 가장자리 낙엽에 엉겨붙은 녹조가 짙은 초록빛을 유지했다. 여름의 난리로부터 혼자서만 회복한 듯 평온한 모습에 서운한 마음이 들 정도였다. 다만 사람의 그림자는 어디에도 보이지 않았다. 처음 숲으로 돌아온 날 재이는 공무원들이 할머니들의 채소밭과 함께 낡은 컨테이너들을 치우는 중이라고 생각했다. 누가 언제 사용했는지 모를 녹슨 가재도구들을 담은 포대가 노란 띠로 출입을 막아둔 컨테이너 옆에 한가득 쌓여 있었다.

못의 컨테이너도 여자가 이미 짐을 싸서 떠난 듯 썰렁했다. 책장이 있던 자리에 버려진 책 몇 권만이 아무도 없는 집을 지키고 있었다. 재이는 학교에서 돌아오면 홀로 그곳으로 가 빈 농막에 누워 시간을 보냈다. 여자가 두고 간 어려운 책들을 뒤적거리다가 쓸쓸해지면 샛길을 따라 밭으로 나갔다. 여자가 떠나고 남겨진 밭이 찬 이슬을 머금고 재이를 맞이했다. 재이는 그동안 보고 배운 대로 잡풀을 뽑고 무너진 이랑의 흙을 다시 쌓고 물을 뿌려 채소에 달라붙는 벌레를 쫓아냈다. 여름을 함께 났던 토마토는 경사로에서 힘겨운 생존을 이어가고 있었다. 상태가 좋지 못한 과실을 따 버리고 색이 고운 것을 하나 골라 한껏 베어 물었다. 씨앗을 품은 과즙이 턱 아래로 흘러내리도록 내버려두면서, 재이는 미로를 산책하듯 고랑을 걸어다녔다. 정말 못에 새 물이 차오른 걸까? 녹진한 습기도, 여름의 열기도 간데없고, 희다못해 투명한 빛깔의 안개가 밭을 감돌아 새 물줄기를 산 아래로 흘려보내고 있었다.

밭을 돌보고 나면 산등성이를 타고 가파른 바위 절벽을 올랐다. 그곳에서는 산의 샛길들이 속속들이 내려다보였다. 아이들도, 개들도 모두 떠난 듯 고요한 산중턱 바위에 앉아 여자를 기다렸으나 재이는 여자가 짐을 메고 밭길을 올라오는 모습만 상상하다 집으로 돌아가야 했다.

나도 포크가 됐었어요.

여름이 끝날 무렵 엄마에게 말했을 때 엄마는 아직은 때가 아니라는 말만 되풀이했다. 그런 일은 있을 수 없다고 했다. 자신이 발견한 순간, 재이는 이미 의식을 잃고 부러진 나무줄기에 몸이 걸린 채 가라앉아 있었다는 거였다. 이해가 되지 않았다. 그날 밀려든 생생한 기억은 뭐였을까? 그 빛깔과 소리와 감촉 들은? 재이는 포크가 되었을 때 눈앞에 나타났던 여자의 모습을 몇 번이고 되새겼다. 여자가 떠났다는 사실은 못을 내려다보는 순간에 더욱 실감이 났다. 언제나 같은 무늬를 띠고 너울거리지만, 지난여름하고는 아주 다른 못. 앞으로도 영원히 다를 수밖에 없는…… 재이는 혼자서 컨테이너 집과 나무와 못을 독차지할 수 있게 되었음에도 이제는 산을 오르내리는 시간이 신나지 않았다.

율리의 집 마당에서는 가을 내내 잡초가 방치되고 있었다. 웃자라고 갈변한 잡초가 여름에 내놓은 통조림 쓰레기들, 커다란 개집과 개 밥그릇을 점령한 지 오래였다. 검은 개는 어느

늦은 밤 갑자기 율리네 집을 떠났고, 개를 데려간 뒤로 아줌마 친구의 차도 주차장에 나타나지 않았다. 오후의 주차장은 다시 한산함을 되찾았다. 산비둘기의 구구 소리만 간간이 언덕을 타고 내려왔다.

율리 아줌마는 금이 간 뒷문 유리를 보란듯이 내버려두었다. 돌을 던진 사람이 볼 때마다 죄책감을 느껴야 한다고 했다. 깨진 유리창은 아줌마가 수달을 죽인 범인이라는 헛소문의 상징이었다. 재이 역시 하천 옆에서 화학비료와 농약을 쓰지 말라는 현수막이 걸리기 전까지는 아줌마를 손가락질하는 사람들 뒤에 서 있었다. 아줌마를 욕하던 사람들은 이제 주차장 평상에 잘 모이지 않았다. 그린벨트 개발과 수달의 운명에 관심이 없던 사람들만 간간이 간식을 사러 자판기 앞을 들락거렸다.

집에 들어서자 엄마의 뒷모습 너머로 율리와 아줌마가 보였다. 아줌마는 힐끗 시선을 주고는 말없이 시선을 돌렸다. 엄마가 아줌마에게 물었다.

자기 친정어머니는 어디 계신다고 했지?

부산.

맞다. 그랬었지.

재이는 대화를 듣는 둥 마는 둥 엄마가 새로 단장한 창가로 걸어갔다. 가느다란 단풍나무 가지를 잘라 꽂아놓은 유리병

앞을 지나칠 때였다. 재이를 발견한 엄마가 타이르는 투로 재이를 율리 옆으로 밀었다.

둘이 마당에 나가 있어. 아니면 방에 올라가든지.

재이네 집 마당은 언제나처럼 단정했다. 짧게 정리된 잔디밭 위에서 살구나무의 열매가 시들어가고 있었다. 재이는 마당에 나가 볕으로 따뜻해진 나무의자에 앉았다. 테이블에 놓인 버너와 냄비를 보면서 율리와 함께 저녁 메뉴를 추측했다. 창문 틈으로 엄마의 헛기침소리가 들렸다. 엄마는 아줌마의 다음 말을 기다리듯 어깨만 계속 쓸어내렸다.

재이가 우리집 살피러 자꾸 오더라.

창밖에서 재이가 엿듣고 있다는 사실을 알아챈 아줌마가 일부러 꺼낸 얘기였다. 아줌마는 한술 더 떠 창가로 다가와 몸을 기대고 서기까지 했다.

창문 고쳐야 하지 않아?

엄마는 말을 돌렸다.

그래야지. 슬슬 추워지니까.

아아. 이상한 사람이 참 많다니까.

얼마간 우물쭈물하던 엄마의 목소리가 조금 멀어졌다.

나라고 다를 것도 없지 뭐. 재이 일이라고 괜히 흥분해선.

재이와 율리는 서로 얼굴을 쳐다봤다. 재이가 먼저 입을 열었다.

사과하려고 불렀나봐.

그러게.

율리가 곧바로 덧붙였다.

우리를 화해시키려고 부른 걸 수도 있어.

나는 괜찮은데.

나도야.

율리는 괜히 일어나 빈 냄비의 뚜껑을 여닫았다. 기척을 느낀 엄마가 탁 소리가 나도록 주방 창을 닫았다.

엄마가 준비한 메뉴는 만둣국이었다. 주방에서 미리 삶아 내온 당면과 숙주 대접에서 새하얀 김이 올라왔다. 엄마는 장갑도 끼지 않은 채 당면과 숙주를 손톱만한 길이로 쫑쫑 썰었다. 이어서 대파와 다진 마늘이 볼에 담겼고, 고기 그릇에는 따로 소금과 후추가 뿌려졌다. 부추를 써는 일은 재이의 몫이었다. 재이는 테이블 앞에 까치발을 들고 서서 부추를 작게 동강냈다.

형은 만두소 준비가 끝나갈 무렵 마당에 나왔다. 편한 반바지에 할아버지가 사준 흰색 카디건을 담요처럼 걸친 차림이었다. 손에 핸드폰을 들고 의자에 기대앉는 형을, 재이는 율리와 나란히 앉아서 건너다봤다. 형은 별다른 인사도 없이 핸드폰만 만지작거렸다. 포크 연구가 뜻대로 되지 않는지 요즘 들어

말수가 부쩍 줄었다.

시범을 보여줄 테니까 봐봐.

엄마가 테이블 모서리에 서서 만두피에 소를 눌러 담았다. 대접의 물을 손가락으로 찍어 만두피 가장자리에 바르고, 반으로 꾹꾹 접어 끝과 끝을 오므리자 동그랗고 포동포동한 만두가 만들어졌다. 재이도 만두피를 집어들고 소를 넣기 시작했다. 냉동 만두를 기름에 구운 적은 있어도 여럿이 둘러앉아 만두를 빚는 건 처음이었다. 피를 펼치고 접는 소리와 되직한 만두소를 옮기는 숟가락 소리가 끊임없이 이어졌다. 다 빚은 만두는 밀가루를 뿌려놓은 커다란 쟁반 위로 올라갔다.

창문 깬 범인은 잡았어요?

조용한 테이블에 말을 얹은 사람은 형이었다.

아니, 차 블랙박스에도 찍힌 게 없대.

저 같으면 그냥은 못살아요. 범인을 찾든 이사를 하든 둘 중 하나예요.

이사를 왜 가니? 그럼 돌 던진 인간이 이기는 거야.

수달을 죽인 건 화학비료라면서요.

그래. 자기들이 죽인 줄은 모르고.

아줌마는 이제 수달 얘기라면 지겹다는 듯 딴청을 피웠다. 밀가루 묻은 손을 털고, 입가를 긁적거리다 갑자기 눈을 반짝거리며 화제를 전환했다.

나 궁금한 게 있는데.

재이는 뜸을 들이는 아줌마의 입이 얼른 열리기를 기다렸다.

포크로 변하면 영영 돌아오지 못할 수도 있는 거야? 그건 아니지?

아줌마가 엄마에게 물었기 때문에 모두가 엄마를 쳐다봤다. 엄마는 말이 없었고, 혹시나 그렇더라도 재이 걱정은 하지 말라고 덧붙이는 아줌마에게 이렇게 대답했다.

재이는 괜찮을 거야.

엄마는 냄비에 담긴 물을 끓이려는 듯 버너 스위치를 돌렸다. 잠시 가스 냄새가 퍼지고 푸른 불꽃이 타올랐다. 불길을 확인하는 엄마의 얼굴이 냄비에 가려졌다. 재이는 조용히 눈길을 거두고 다시 만두를 빚기 시작했다. 어차피 약속의 말 같은 건 지금의 재이를 안심시키지 못했다. 아홉 살 소년을 이만큼 성장하게 한 것은 차라리 말이 없는 시간이었다. 재이는 이제 실없는 이해와 기대가 쓸쓸한 마음을 불러오는 주범이라는 사실을 알았다.

언덕의 소나무 우듬지 위로 희뿌연 햇무리가 보였다. 공기가 조금씩 차가워지고 있었다. 냄비에 들어간 코인 육수가 마당 곳곳에 멸치 냄새를 퍼뜨렸다. 재이는 만두를 만드는 네 사람의 손을 가만 살펴보았다. 손가락 모양도, 만두 모양도 가지각색이었다. 형은 심혈을 기울여 완성한 돌고래 모양 만두를 내려놓고 하늘을 향해 힘껏 기지개를 켰다. 제법 많은 만두가 쟁반 위에 삐뚤삐뚤 쌓여갔다.

사고는 아무도 예상하지 못한 찰나의 순간에 일어났다. 재이가 새 만두피를 집어드는 순간 앞에서 형의 비명이 울려퍼졌다. 버너 위의 냄비가 균형을 잃고 형 쪽으로 쓰러져 있었다. 아줌마가 급히 형을 밀쳤고, 형은 의자와 함께 발라당 바닥에 넘어졌다. 엄마가 서둘러 형을 부엌으로 데리고 들어갔다. 테이블의 가장자리를 타고 국물이 흘러내려 잔디 위에도 희미한 김이 피어올랐다.

괜찮은 거야?

아줌마가 재이와 율리를 식탁에서 멀리 떨어뜨리고 소리쳤다. 주방 창에 비치는 엄마는 응급처치에 정신이 팔려 있었다. 찬물을 틀어 형의 팔 위로 흐르게 한 다음 냉동실에서 얼음을 꺼내 흰 수건으로 감쌌다. 한참을 씨름하던 엄마가 뒤늦게 주방 창에 대고 대답했다.

괜찮아. 찬물에 좀 대고 있으면 될 것 같아.

어휴, 놀랐네.

아줌마가 쓰러진 냄비를 버너 위에 다시 올리며 안도의 미소를 지어 보였다. 재이도 쓰러진 의자를 다시 세우고, 형이 떨어뜨리고 간 카디건에 붙은 풀들을 털어냈다.

그냥 안에서 끓여 나와야겠어.

엄마가 행주를 가지고 나오며 말했다. 걱정을 한결 덜어낸 얼굴이었다. 쟁반에 놓인 만두들은 무사했으나 다섯 사람이 먹기에는 조금 적은 양이었다.

크게 몇 개만 더 만들까?

아줌마의 말에 재이가 바로 손에 밀가루를 묻히고는 만두소를 한 주먹 퍼올렸다. 재이에게 뒤질세라 율리도 팔을 걷어붙였고, 두 사람은 누구의 만두가 더 큰지 대결하듯 만두를 만들었다. 욕심을 내다 만두를 터뜨리기도 하고, 만두피가 모자라 하나를 덧대기도 했다. 찬물에 팔을 식힌 형이 다시 밖으로 나왔다. 손목 주변이 약간 붉었으나 다행히 크게 데지는 않은 듯했다.

재이의 눈길은 율리가 새 만두피를 열심히 구멍 내는 모습에 머물렀다. 물을 묻힌 손톱을 빙글빙글 돌리니 유령 가면처럼 만두피에 나란한 눈구멍이 생겼다. 율리는 만두피를 이마에 얹고 재이를 향해 환히 웃어 보였다. 그 모습이 귀여워 보였는지 아줌마가 만두피를 가져가 자기 얼굴에 붙인 채 율리를 간지럽혔고, 의자에서 떨어진 율리가 땅바닥에 누워 비명 섞인 웃음을 터뜨렸다. 만두피 유령은 재이의 눈앞에도 불쑥 얼굴을 내밀었다. 재이 역시 겨드랑이를 잡힌 채로 속수무책으로 바닥을 뒹굴었다. 아줌마가 몸을 던져 바닥의 재이와 율리를 한꺼번에 덮치듯 껴안았다.

그때 습기를 머금은 바람이 언덕을 내려와 살구나무를 흔들고 마당에 물비린내를 뿌렸다. 바닥을 뒹구는 재이의 눈에 팔짱을 끼고 미소 짓는 엄마의 얼굴이 스쳤다. 재이는 고개를 돌려, 저멀리 달아나는 듯한 산의 능선들을 두리번거리고, 다시 기름지고 진한 물 냄새를 들이마셨다. 한여름 못에 고여 있던 물줄기가 한발 늦게 집앞 냇가로 흘러들고 있는 듯했다. 아줌마가 율리의 몸을 일으켜세우는 동안 재이는 손으로 땅을 짚고 혼자 일어섰다. 경사진 밭의 휘파람소리나 물결 같은 목소리가 혹시라도 메아리가 되어 되돌아오지는 않을지, 안개에 달라붙은 작은 것 하나라도 놓칠세라 고개를 치켜들고 가만히 서 있었다.

왜 그래? 다쳤어?

재이는 아줌마를 향해 고개를 내저었다.

아무 소리도 안 들리세요?

무슨 소리?

휘파람소리 같은 거요.

아줌마가 픽 웃고는 다가왔다.

바람소리잖아, 재이야. 바람이 좁은 나무 틈이나 창문 틈새를 지나면서 내는 거야.

그거랑은 달라요.

답답한 마음에 발을 구르고 몸을 앞뒤로 흔들었다. 숨을 길

각자의 정원

게 내쉬는데 아줌마가 재이를 끌어당겨 등을 토닥여주었다. 그리고 소리 없이 다가와 목덜미를 감싸는 손길을 느끼면서 재이는 그 온기가 엄마의 것임을 알았다. 두 엄마는 재이를 오래도록 끌어안고 있었다. 그러나 아줌마의 가벼운 토닥임도 엄마의 느릿한 어루만짐도 재이를 달래주지는 못했다. 후텁지근한 바람이 피부에 닿는 순간부터 재이는 지난여름 포크가 되어 물속을 헤맬 때 소용돌이치듯 나타난 한 사람을 그리워하고 있었다. 물결처럼 부드러운 포옹의 감각이 갈수록 생생해졌다. 엄마가 틀렸어, 재이는 생각했다. 그곳에는 정말로 물이 되어 재이를 부둥켜안아준 여자가 있었다. 재이를 감싸고 붙잡은 풀과 흙, 그리고 실처럼 뻗은 나무뿌리와 함께.

재이의 마음은 어느새 여름날의 열기를 되찾았다. 떨리는 숨을 마시고 주변을 두리번거리는데 노란 못의 물결이 어른거리듯 눈가에 비쳤다. 어른들이 무슨 일이냐고 보채듯 걱정스러운 눈빛으로 바라봤다. 어디서부터 말해야 할까? 다시는 만나지 못할 줄 알았다고? 작별인사를 하러 온 거라고? 믿어주기는 할까? 믿는다 해도 어떤 말로 설명할 수 있을까? 산속 컨테이너 집의 열기와 팔을 타고 흘러내리는 토마토 씨앗의 촉감을 모르는 사람들에게. 소용돌이치는 물살 속에서 포크가 된 채로 그 여자를 만나지도, 또 만져보지도 못한 사람들에게……

왜 그래? 응? 제대로 말해야 알지.

엄마가 양손으로 재이를 잡고 똑바로 서게 했다. 엄마는 재이를 지켜보고 있는 사람들을 차례로 훑고 다시 재이를 쳐다봤다. 어찌할 바를 모르는 얼굴이 붉은빛으로 물들어가고 있었다. 일단 재이를 달래보려는 듯 엄마는 재이의 팔을 붙잡고 아래위로 세차게 쓰다듬었다.

아니에요.

재이는 눈을 질끈 감고 고개를 가로저었다.

그런 게 아니라고요.

그럼 왜 그러는데.

엄마가 눈높이를 맞추고 빤히 재이를 쳐다봤다.

재이야.

재이는 눈물 섞인 숨을 헐떡거리며 엄마에게서 벗어나려고 몸부림쳤다. 엄마를 밀치고 힘없는 주먹을 사정없이 휘둘렀다.

엄마는 모르잖아요. 내가 물에서 누굴 만났는지…… 나도 포크가 됐는데…… 분명히 말했는데 엄마는 믿지 않았잖아……!

끝내 굵은 눈물이 흘러내리고 말았다.

대체 무슨 말이야. 재이야.

엄마는 정말 당혹스럽고 지쳐 보였다. 걱정스레 재이를 살피던 두 눈이 조금씩 흐려졌다.

그만 놔주세요.

눈을 내리감고 나지막이 뱉은 재이의 말에 더는 아무것도 해줄 수 없는 엄마의 손이 조금씩 아래로 쓸려내려갔다. 등 어딘가를 머물던 손길은 재이가 생각하지 못한 방식으로 별안간 떨어져나갔다. 날카로운 것이 허리를 긁고 떨어지는 느낌이었다. 다시 엄마를 올려다보았을 때 엄마는 사라지고 없었다. 포크로 변한 엄마가 잔디에 떨어져 둔탁한 소리를 냈다.

재이는 바닥에 쪼그리고 앉아 포크를 더듬거렸다. 태양 아래에서 본 엄마는 평소와 달리 이곳저곳이 긁히고 낡아 보였다. 마지막 표정 때문인지 몰라도 이번만큼은 형의 말처럼 엄마가 자기 의지로 포크가 되어버렸다는 느낌이 들었다. 오래전에 할머니가 그랬듯 오래오래 돌아오지 않을지도 모른다는 불길한 예감마저 스쳤다.

엄마에게는 지금 어떤 풍경이 밀려들고 있을까? 한차례 포크의 세계에 다녀온 뒤로 재이는 포크가 된 엄마의 기억 저편을 상상하곤 했다. 어떤 말로도 꾸며낼 수 없는 비밀스럽고 온전한 엄마의 세계. 그곳은 엄마만의 것이고, 풀을 헤치고 물을 건넌다 해도 영원히 닿을 수 없으리란 걸 이제는 알지만, 그럼에도 재이는 언제나 작은 날붙이 안에 가꾸어진 엄마의 정원을 궁금해했다.

괜찮아.

형이 다가와 포크를 집어들고 재이의 어깨를 토닥였다. 아줌마가 땀에 젖은 이마와 볼을 정성껏 쓸어주었고, 율리는 뒤에서 재이가 기댈 수 있도록 허리를 감싸주었다. 마지막에는 모두가 형이 들고 있는 포크를 내려다봤다. 재이가 왜 눈물을 흘렸는지 아는 사람은 아무도 없었다.

  그 순간에도 투명한 안개를 머금은 바람은 마치 저마다의 영원을 품은 듯 계속해서 언덕 아래로 흘러왔다.

작가의 말

이 소설의 첫 문장은 2023년에 썼다. 산과 들에 물이 흐르는 소설이라 그런지 쓰는 동안 이리저리 헤맸고, 그만큼 많이 배웠다. 언제든 이 소설의 문장들을 읽으면 나는 이맘때의 나를 떠올릴 수 있을 것이다. 한 시절의 내가 이렇게 손에 잡히는 형태로 남는다니, 얼마나 다행스럽고 동시에 무거운 일인지.

나는 얼마 전까지만 해도 인물이 포크로 변하는 일마저 자연의 일부로 느껴지는 특별한 소설을 썼다고 생각했다. 하지만 출간을 앞두고 거듭 생각해보니 실은 사랑에 대한 소설을 쓰지 않았나 싶다. 이 소설을 읽은 다른 사람들에게도 누군가를 이해하기 위해 가졌던 궁금증이 마침내 사랑이라는 이름으로 남게 되기를 바란다.

긴 글을 쓰다 종종 벌거벗은 기분이 되었을 때 응원과 조언을 보내준 문학동네 편집부에 마음 깊이 감사드린다. 소설과 내게 두루 마음 써주신 서유선, 김내리, 여승주 편집자님을 만난 행운으로 글을 쓰는 동안 외롭지 않았고, 소설의 문장들이 갈수록 근사한 옷을 입었다. 다정한 추천의 글을 보내주신 구병모 작가님과 백온유 작가님, 그리고 이 책이 세상에 나오기까지 세심한 손길을 보태주신 모든 분들에게도 진심으로 감사의 마음을 전하고 싶다.

고백하자면 나는 내가 쓴 소설을 마음껏 사랑하는 법을 잘 모른다. 소설은 곧잘 나를 의심으로 채우고, 아직 쓰지 않은 새 소설로, 혹은 소설이 없는 일상으로 도망치게 만든다. 그럼에도 다시 책상 앞에 앉을 때, 내가 아플 때, 울 때 곁에서 힘이 되어준 마음이 있어 이 소설을 완성할 수 있었다. 우리의 정원이 언제나 안녕하기를. 사랑을 담아, 이 말을 여기에 남겨둔다.

2025년 여름
이안리

문학동네 장편소설
각자의 정원
ⓒ 이안리 2025

초판 인쇄 2025년 6월 16일
초판 발행 2025년 6월 30일

지은이 이안리
**책임편집** 서유선 | **편집** 여승주 김내리
**디자인** 이혜진 최미영 | **저작권** 박지영 형소진 오서영 조경은
**마케팅** 정민호 서지화 한민아 이민경 왕지경 정유진 정경주 김수인 김혜원 김예진
  나현후 이서진
**브랜딩** 함유지 박민재 이송이 김희숙 박다솔 조다현 김하연 이준희
**제작** 강신은 김동욱 이순호 | **제작처** 천광인쇄사

**펴낸곳** (주)문학동네 | **펴낸이** 김소영
출판등록 1993년 10월 22일 제2003-000045호
주소 10881 경기도 파주시 회동길 210
전자우편 editor@munhak.com | 대표전화 031) 955-8888 | 팩스 031) 955-8855
문학동네카페 http://cafe.naver.com/mhdn
인스타그램 @munhakdongne | 트위터 @munhakdongne
북클럽문학동네 http://bookclubmunhak.com

ISBN 979-11-416-0252-9 03810

* 이 책의 판권은 지은이와 문학동네에 있습니다.
  이 책 내용의 전부 또는 일부를 재사용하려면 반드시 양측의 서면 동의를 받아야 합니다.

잘못된 책은 구입하신 서점에서 교환해드립니다.
기타 교환 문의 031) 955-2661, 3580

www.munhak.com